中国书籍国学馆

古文观止精华

全四卷 第三卷

《中国书籍国学馆》编委会 编

中国书籍出版社
China Book Press

谏太宗十思疏

唐·魏徵

臣闻：求木之长者，必固其根本；欲流之远者，必浚其泉源；思国之安者，必积其德义。源不深而望流之远，根不固而求木之长，德不厚而思国之安，臣虽下愚，知其不可，而况于明哲乎？人君当神器之重，居域中之大①，不念居安思危，戒奢以俭，斯亦伐根以求木茂，塞源而欲流长也。

凡昔元首，承天景②命，善始者实繁，克终者盖寡。岂取之易，守之难乎？盖在殷忧③，必竭诚以待下；既得志，则纵情以傲物。竭诚，则吴越为一体；傲物，则骨肉为行路。虽董④之以严刑，振之以威怒，终苟免而不怀仁，貌恭而不心服。怨不在大，可畏惟人。载舟覆舟，所宜深慎。

诚能见可欲，则思知足以自戒；将有作，则思知止以安人；念高危，则思谦冲而自牧⑤；惧满盈，则思江海下百川；乐盘游，则思三驱以为度；忧懈怠，则思慎始而敬终；虑壅蔽，则思虚心以纳下；惧谗邪，则思正身以黜恶；恩所加，则思无因喜以谬赏；罚所及，则思无以怒而滥刑。总此十思，宏兹九德。简⑥能而任之，择善而从之，则智者尽其谋，勇者竭其力，仁者播其惠，信者效其忠。文武并用，垂拱而治⑦。何必劳神苦思，代百司之职役哉？

注释 ①神器：指帝位。域中之大：天地间的重要位置。②景：明、大。③殷忧：深重的忧患。殷：深。④董：督责。⑤冲：谦和。牧：这里指修养。⑥简：选择。⑦垂拱而治：天子垂衣拱手，无为而治。

译文 我听说要想使树木长得高大，一定要巩固它的根本；要想使水流得长远，一定要深挖它的源头；要想使国家得到安定，君王必须要多施恩德，多行仁义。源泉不深却希望水流能够长远，根本不巩固却希望

树木长得高大，恩德不深厚却希望国家安定；我虽然十分愚蠢，但也知道这是不可能的，更何况深明事理的聪明人呢！帝王担当统治天下的重任，占据天地间的大位，不在安定的时候想到危难，不戒除奢侈，厉行节俭，这也就是砍断树根而想使树木枝繁叶茂，堵塞源泉而想使水流得长远啊。

所有过去的帝王，承受上天的大命，没有不在艰苦的时候道德显著，功成名就之后道德衰落，善于创业的多，但善于守成的却很少。难道夺取天下容易而守住天下就很难吗？原因在于处于创业的艰难困苦之中时，一定竭尽诚心来对待部下；夺取天下之后，就放纵情欲而傲视他人。竭尽诚心，就是吴、越这样彼此敌视的国家也会团结一致；傲视他人，那么即使是亲人也会疏远成为过路人。即使用严刑来督责他们，用威势来吓唬他们，结果大家也只图免去刑罚和威吓而不会怀念恩德，表面上恭敬但内心并不服气。臣民的怨恨不在事情的大小，凡是使他们怨恨的事都不能做，可怕的是臣民不拥护。百姓像水一样，可以载船，也可以翻船。这是应当特别谨慎的。

果真能够做到：见到可爱的东西，就想到要知足，以便警戒自己；将要大兴土木，就想到要适可而止，以便使人民安定；考虑到地位高随时会有危险，就想到要谦虚，并加强自我修养；怕自己会骄傲自满，就想到要像江海一样，处在河流的下游；喜欢游乐，就想到国君每年最多只能打三次猎的规定；担心意志松懈，就想到始终都要谨慎；害怕受蒙蔽，就想到要虚心接受臣下的意见；担心听信谗言，就想到要端正自己，斥退小人；有所赏赐时，就想到不要因一时高兴而赏赐不当；施行刑罚时，就想到不要因为一时恼怒而滥用刑罚。要完全做到这十个『想到』，发扬九种美德，选择有才能的人而任用他们，选择好的意见而采纳它，那么，聪明的人就能竭尽他的智谋，勇敢的人就会竭尽他的气力，仁义的人就能传播他的美德，诚实的人就会贡献他的忠心。这样文武同时发挥作用，君主就可以垂衣拱手，不用操劳就能使天下太平，人民幸福美满了。何必要国君来劳神费力，代替百官的职事呢！

赏析 这是贞观十一年（六三七）魏徵写给唐太宗李世民的一篇疏文。本文是针砭唐太宗登基后『纵情以傲物』之弊而作的，发出了『载舟覆舟，所宜深慎』的警告。太宗初年，鉴于隋亡的教训，励精图治，取得了一个国富民强、人民安居乐业的太平盛世，即史书所谓『贞观之治』。但后来太宗却逐渐骄奢淫逸，过分贪图享乐。于是魏徵写了这篇文章劝谏太宗。文中提醒太宗要『居安思危、戒奢以俭』，并十分具体地提出了十个要经常考虑的问题，指出国君应当如何正确处理眼前的各种事情。一片忠心，尽于言表。

文章用比喻开篇，既委婉迂徐，便于人主接受，又将抽象的道理化为生动的形象，加深人主的印象。最后一段用排比手法列出『十思』的内容，有如警句格言，令人刻骨铭心。

『居安思危，戒奢以俭』在本文中出现，不仅仅是对唐太宗的直谏，也是值得现代人借鉴的一句铭言。它时时刻刻警示着我们，要知道自己的美好生活来之不易，要勤于节俭，这样才能制订更长远的计划，让自己的生活更美好。

注释 ①洎：及，到。②私：爱。嬖：宠幸。入门见嫉：选进后宫的妃嫔，都遭到她的嫉妒。③蛾眉：形容女子的美貌。掩袖：以袖掩面，故作娇态。④翚翟：有彩色羽毛的野鸡。⑤聚麀：是指多头公鹿共有一母鹿。⑥虺：毒蛇。⑦鸩：鸟名，羽毛有毒，浸酒饮之即死。⑧燕啄皇孙：西汉成帝，

为徐敬业讨武曌檄

唐·骆宾王

伪临朝武氏者，性非和顺，地实寒微。昔充太宗下陈，曾以更衣入侍。洎①乎晚节，秽乱春宫。潜隐先帝之私，阴图后房之嬖。入门见嫉②，蛾眉不肯让人；掩袖③工谗，狐媚偏能惑主。践元后于翚翟④，陷吾君于聚麀⑤。加以虺⑥蜴为心，豺狼成性。近狎邪僻，残害忠良。杀姊屠兄，弑君鸩⑦母。神人之所同嫉，天地之所不容。犹复包藏祸心，窥窃神器。君之爱子，幽之于别宫；贼之宗盟，委之以重任。呜呼！霍子孟之不作，朱虚侯之已亡。燕啄皇孙⑧，知汉祚之将尽；龙漦帝后⑨，识夏庭之遽衰。

敬业，皇唐旧臣，公侯冢子，奉先君之成业，荷本朝之厚恩。宋微子之兴悲，良有以也；袁君山之流涕，岂徒然哉！是用气愤风云，志安社稷。因天下之失望，顺宇内之推心。爰举义旗，以清妖孽。南连百越，北尽三河；铁骑成群，玉轴相接。海陵红粟，仓储之积靡穷；江浦黄旗，匡复之功何远！班声动而北风起，剑气冲而南斗平。喑呜则山岳崩颓，叱咤则风云变色。以此制敌，何敌不摧？以此图功，何功不克？

公等或居汉地，或叶⑩周亲；或膺重寄于话言，或受顾命于宣室⑪。言犹在耳，忠岂忘心？一抔之土未干，六尺之孤⑫何托？倘能转祸为福，送往事居，共立勤王之勋，无废大君⑬之命，凡诸爵赏，同指山河。若其眷恋穷城，徘徊歧路，坐昧先几之兆，必贻⑭后至之诛。请看今日之域中，竟是谁家之天下！

译文 窃据帝位的武氏，她本性不温和善良，出身贫寒低贱。她从前是唐太宗的才人，曾利用服侍皇帝的

机会得到宠幸。等到年事稍长，又与太子关系暧昧，她隐瞒了自己和先帝的私情，阴谋获得皇上的宠幸。她嫉妒后宫的所有佳丽，总想以自己的美貌压倒别人；她掩袖作态，卖弄姿色，谗毁他人，阴险毒辣，迷惑君主，谋得了皇后的地位，致使我们的君王乱了人伦。加上她心如蛇蝎，性如豺狼，亲近邪恶的小人，残害忠直善良的贤臣，杀害哥哥、姐姐，害死高宗，毒死亲母，使得人神所共恨，天地所不容。她还包藏祸心，想篡夺帝位。高宗心爱的儿子被她软禁起来，对武氏宗族委以重任。哎！能扭转乾坤的霍光不在了，诛杀奸臣贼党的朱虚侯已经亡故了。赵飞燕残害皇子，预示着汉朝快完了；龙涎生为褒姒，标志着西周即将灭亡。

徐敬业是唐朝皇帝的老臣，是公侯的直系子孙。他继承先君的事业，担负国家的重任。宋微子见到殷墟荒凉而大兴悲叹，真有道理啊！桓君山痛哭流涕，难道是平白无故的感伤吗？因此正气可叫风云愤怒，壮志足使国家安定。趁着天下百姓对武氏的失望情绪，顺应海内民心的背向，于是举起义旗，决心铲除妖孽。南至百越，北达三河。战马成群结队，战车前后相运。海陵的红粟，粮仓的储积，无穷无尽；江浦一带，黄旗遍野，匡复天下的大功，指日可待！战马长嘶，似北风卷起；剑气冲天，与南斗相齐。怒气勃发，可使山岳崩摧；气愤号呼，能让风云变色。用这样的军队对付敌人，什么样的敌人不能消灭？用这样的军队建立功业，什么样的功业不能完成？

你们有的享有国家的封地，有的身为皇室的至亲，有的在外拥兵自重，有的在朝接受遗命。君王的话语还在耳边，怎能就忘恩负义？一抔坟土还未全干，六尺孤儿交托何人？倘若你们能转祸为福，送别去世的先帝，扶持继位的幼主，共同创建挽救王室的功业，不废弃先王的遗命，那么事成之后论功行赏，爵封王侯，可以指着山河起誓。如果还留恋一座四面受围的孤城，犹豫观望，坐失起义的良机，那么一定会招致杀身之祸。请放眼看看吧，今天全国之内，究竟是谁家的天下！

赵飞燕入宫为皇后，自己无子而妒嫉别人，暗害了许多皇子，使成帝无嗣。⑨龙漦帝后：传说夏朝有二龙落于宫廷，留下涎沫，夏帝用木盒收藏之。到周后王末年，涎沫流出，变成黑鼋，一个宫女遇上而怀孕，生下一女即褒姒。褒姒后为周幽王妃子，周幽王宠爱她，于是废申后及太子，申后的父亲引犬戎入侵，杀死幽王灭亡西周。此以褒姒喻武则天。⑩叶：

合于。⑪膺：接受。话言：即爪牙之臣。顾命：皇帝临死的遗令。宣室：指受顾命的地方。⑫抔：捧。六尺之孤：指中宗李显，当时已被废，软禁在房州。⑬往：死者，指高宗。居：生者：指中宗。勤王：古代天子有难，臣下起兵救援，叫做勤王。大君：即天子，指高宗。⑭坐：白白地，徒然。昧：看不清楚。几：同『机』。贻：召致。

赏析 此文作于唐弘道二年（六八四）九月。当时，武则天掌握政权，正在积极准备建立大周王朝，统治集团内部新旧势力的斗争非常尖锐。徐敬业是唐朝开国功臣英国公李勣（本姓徐，有功，赐姓李）的长孙，曾任太仆少卿，眉州刺史，后因事谪柳州司马。这年七月，他以扬州为根据地，起兵反对武则天。自称匡复府上将、扬州大都督，以骆宾王为艺文令。这篇檄文就是骆宾王代写的。檄，军用文书。刘勰《文心雕龙·檄移》云：『檄者，皦也。宣露于外，皦然明白也……必事昭而理辨，气盛而词断，此其要也。』本文以封建君臣之义为依据，前半篇斥责武则天的罪行，后半篇号召各方面起来响应，当时为人所传诵。《新唐书》本传说，武则天初读此文，『但嘻笑。至「一抔之土未干，六尺之孤何托？」，矍然曰：「谁为之？」或以宾王对。后曰：「宰相安得失此人！」』可见他的文才，连敌对方面也不得不折服。

滕王阁序

唐·王勃

南昌故郡，洪都新府。星分翼、轸，地接衡、庐。襟三江而带五湖，控蛮荆而引瓯越。物华天宝，龙光射牛斗之墟；人杰地灵，徐孺下陈蕃之榻。雄州雾列，俊彩星驰。台隍枕夷夏之交，宾主尽东南之美。都督阎公之雅望，棨戟遥临；宇文新州之懿范，襜帷暂驻。十旬休暇，胜友如云；千里逢迎，高朋满座。腾蛟起凤，孟学士之词宗；紫电清霜，王将军之武库。家君作宰，路出名区；童子何知，躬逢胜饯。

时维九月，序属三秋。潦水尽而寒潭清，烟光凝而暮山紫。俨骖騑于上路，访风景于崇阿。临帝子之长洲，得仙人之旧馆。层峦耸翠，上出重霄；飞阁流丹，下临无地。鹤汀凫渚，穷岛屿之萦回；桂殿兰宫，列冈峦之体势。披绣闼，俯雕甍，山原旷其盈视，川泽盱其骇瞩。闾阎扑地，钟鸣鼎食之家；舸舰迷津，青雀黄龙之轴。虹销雨霁，彩彻云衢。落霞与孤鹜齐飞，秋水共长天一色。渔舟唱晚，响穷彭蠡之滨；雁阵惊寒，声断衡阳之浦。遥吟俯畅①，逸兴遄飞。爽籁发而清风生，纤歌凝而白云遏②。睢园绿竹，气凌彭泽之樽；邺水朱华，光照临川之笔。四美具，二难并。穷睇眄③于中天，极娱游于暇日。天高地迥，觉宇宙之无穷；兴尽悲来，识盈虚④之有数。望长安于日下，指吴会于云间。地势极而南溟深，天柱高而北辰远。关山难越，谁悲失路之人？萍水相逢，尽是他乡之客。怀帝阍而不见，奉宣室以何年？呜呼！时运不齐，命途多舛。冯唐易老，李广难封。屈贾谊于长沙，非无圣主；窜梁鸿于海曲，岂乏明时？所赖君子安贫，达人知命。老当益壮，宁知白首之心？穷且益坚，不坠青云之志。酌贪泉而觉爽，处涸

注释 ①遥吟俯畅：一作『遥襟甫畅』，意即开阔的胸怀刚刚畅快。②爽籁：参差不齐的排箫。白云遏：形容歌声的美妙。③睇、眄：意思都是斜视。这里指放眼上下左右，尽情观赏。④盈虚：这里指兴衰、贵贱、穷通等。数：命运。⑤赊：远。扶摇：旋风。⑥奉

晨昏：这里指侍奉父亲。古人早晚要向父母请安，故称。万里：指交趾。⑦谢家之宝树：东晋谢安曾称其侄谢玄为『吾家之宝树』。意为贤能子弟。⑧疏：分条陈述。这里指写作。引：引言，即序文。⑨一言均赋，四韵俱成：即『均赋一言，俱成四韵』的倒装。意即与会的人，各分一言（字）为韵，以四韵（八

辙以犹欢。北海虽赊，扶摇⑤可接；东隅已逝，桑榆非晚。孟尝高洁，空怀报国之心；阮籍猖狂，岂效穷途之哭！

勃，三尺微命，一介书生。无路请缨，等终军之弱冠；有怀投笔，慕宗悫之长风。舍簪笏于百龄，奉晨昏于万里⑥。非谢家之宝树⑦，接孟氏之芳邻。他日趋庭，叨陪鲤对；今晨捧袂，喜托龙门。杨意不逢，抚凌云而自惜；钟期既遇，奏《流水》以何惭？

呜呼！胜地不常，盛筵难再。兰亭已矣，梓泽丘墟。临别赠言，幸承恩于伟饯；登高作赋，是所望于群公。敢竭鄙诚，恭疏短引⑧，一言均赋⑨，四韵俱成：

滕王高阁临江渚，佩玉鸣鸾罢歌舞。画栋朝飞南浦云，朱帘暮卷西山雨。

闲云潭影日悠悠，物换星移几度秋。阁中帝子今何在？槛外长江空自流。

译文　南昌是汉代豫章郡的古城，如今已成新设的洪州都府。它在天上属于翼、轸两星宿的分野，在地下连接着衡、庐两山的峰峦。前面连带着三江，周围环绕着五湖，西连荆楚，东接闽浙。物类有光华，天上有宝气，宝剑的光芒直射牛、斗两个星区；人中有俊杰，大地有灵气，陈蕃专为徐孺设下榻几。雄伟的州城，在烟雾中若隐若现；英俊的人才，像繁星一般活跃异常。城池坐落在夷夏交界的地方，主客都是东南地区的俊才。都督阎公，德高望重，远道来洪州坐镇；宇文州牧，品行高洁，赴任途中在此暂留。正逢十日休假的一天，杰出的友人像云一样汇聚于此；千里之远来相集会，高贵的宾客坐满席位。文笔能使蛟龙腾飞，凤凰起舞，孟学士是文学大师；兵器寒光闪闪，如电如霜，王将军武略超群。我父亲做交趾令，我由于省亲而路过这个闻名的地方，尚且年幼无知，竟有幸参加这个盛大的宴会。

时间正是九月，刚是秋天季节，雨后的积水已经消尽，寒潭清澈，烟雾弥漫，霞光灿烂，周围的重山在暮色中呈现紫色。整整齐齐驾着马车出游，在崇山峻岭中欣赏美景。来到昔日帝子到过的长洲，发

句）成篇。

现了仙人居住过的殿阁，这里山峦重迭，青翠的山峰高耸入云；高高的阁宇鲜红欲滴，下临深潭。仙鹤野鸭栖息的沙滩小洲，岛屿迂曲回绕，没有尽头；桂树兰木建造的宫殿，随着山势起伏而排列；推开彩绘的大门，俯视雕饰的屋脊，极目远眺，山峰平原尽收眼底；河流湖泊，浩瀚迷茫，令人惊骇。房屋遍地，这是享不尽荣华富贵的人家，船只塞满渡口，上面雕刻着青雀或黄龙的图案。彩虹消散，雨过天晴，阳光普照，满天霞云。空中的晚霞和孤寂的野鸟，仿佛齐在飞行；清碧的秋水和蔚蓝的长空，好像溶为一色。渔人划着小船，唱着欢歌满载而归，歌声在整个彭蠡湖上空回荡；雁儿在寒气中惊叫，向南飞翔，停落在衡阳的水边。

放声长吟，登高俯视，十分舒畅，兴致也十分高昂。排箫吹来阵阵清风，歌声响起，遏止了浮云。个个都像当年梁孝王睢园中的嘉宾，酒量如海，豪气远远超过了彭泽县令陶渊明，又如当年邺下曹操父子和建安七子，文采风流，可以和谢灵运媲美。良辰美景，赏心乐事，自古难全，而如今却齐备，贤主、嘉宾，千载不遇，而如今却欢聚一堂。在阁上四处观望美景，在假日里尽情享受游览之乐。

天高地远，我觉察到了时空的无穷无尽；欢乐逝去，悲哀袭来，我明白了兴衰贵贱都由命中注定。在夕阳西下时，遥望都城长安；在云雾苍茫中，指点江浙。地势倾斜，到尽头是极深的南海，天柱高耸，北斗星非常遥远。吴山难以翻越，谁会为不得志的人悲伤？今天偶尔聚在一起的，全都是来自他乡的宾客，怀念京都却难以望见，到什么时候才能被君王召见呢？

唉，命运是那样的不好，前途多么坎坷！冯唐容易衰老，李广难得封侯。使贾谊蒙受委屈，被贬谪到长沙，并不是没有圣明的君主；使梁鸿逃亡到海边，难道是当时的政治不清明？幸好君子能够安于贫困，通达的人能够知道自身的命运。年纪虽大，但志气应更加旺盛，怎能在白头时改变心愿？虽然穷困，但应更加坚强，不抛弃远大的志向。君子喝了贪泉的水也觉得凉爽，鱼儿处在干涸的车辙中也要开心。北海虽然很远，但是乘着风也能到达，少年的美好时光虽已消逝，但暮年努力也不算太晚。孟尝是高洁之士，可

他一辈子白白地怀抱报效国家的热情；阮籍疯疯颠颠，我们怎能学他那种穷途的哭泣？

我地位卑微，只是一个书生。虽然和终军一样都是二十来岁，却无处请缨杀敌，我也怀有投笔从戎之志，羡慕宗悫那种『乘长风破万里浪』的英雄气概。如今，我舍弃了一生的功名，不远万里前去朝夕侍奉我的父亲。我不是谢玄那样的俊才，却有幸和在座诸君会面。不久我将聆听父亲的教诲，今天我能恭敬地拜见各位，高兴得如同登上龙门。如果碰不到杨得意那样的人，就只好抚摸着自己的锦绣文章而叹息。既然遇到了钟子期这样的知音，就是弹奏一曲流水，又有什么羞愧呢？

唉！名胜之地不能常游，盛大的宴会也再难碰上。兰亭宴集已成陈迹，金谷园也已变成废墟。侥幸在盛大的宴会上承受厚爱，临别时作这一篇序文，至于堂高作赋，只有指望在座诸公。我只是冒昧地尽我微薄的诚意，作了短短的序言，在座诸位都按各自分到的韵字作诗，我已写成了四韵八句：

高高的滕王阁，耸立在大江边，佩玉叮当，车铃响起，歌舞已经结束。南浦的云霞，早晨时飞过雕梁画栋，西山的风雨起落，黄昏时珠帘卷起。闲静的白云，在清潭中留下倒影。日子就这样悠然而过，物换星移，谁知经过了多少春秋。当年建筑楼阁的滕王，如今到哪里去了呢？只有门外的江水，默默地向前奔流。

赏析 本文的题目原为《秋日登洪府滕王阁饯别序》，是《滕王阁诗》之序，但名声及影响远在诗作之上。滕王阁为我国江南三大名楼之一，故址在今江西省南昌市赣江之畔。唐高祖李渊的第二十二子李元婴任洪州都督时所建，后元婴封为滕王，故称滕王阁。

本文是宴会应酬之作。文中描绘了滕王阁四周景物和宴会盛况，皆为游乐之笔。然而笔锋一转，由壮而生悲，转而慨叹古今失志者之不幸，其主旨是抒发个人怀才不遇的悲凉，以及自惜自负之意。最后以感叹盛衰无常收笔。

这是一篇骈体文，辞藻华丽但不空洞，文雅而不艰深，属对工整而精巧，气势奔放而自然。其中清词佳句，至今流传，像『落霞与孤鹜齐飞，秋水共长天一色』、『冯唐易老，李广难封』等，受到了历代人民的喜爱，不愧是一首『绝妙好辞』。

春夜宴桃李园序

唐·李白

夫天地者，万物之逆旅①；光阴者，百代之过客。而浮生若梦②，为欢几何？古人秉烛夜游③，良有以④也。况阳春召我以烟景，大块假我以文章⑤。会桃李之芳园，序天伦之乐事。群季俊秀，皆为惠连。吾人咏歌，独惭康乐。幽赏未已，高谈转清。开琼筵以坐花，飞羽觞⑥而醉月。不有佳作，何伸雅怀？如诗不成，罚依金谷酒数⑦。

譯文 天地是万物的客舍，时间是百代的过客。人生漂浮不定，好似梦幻一般，欢乐的日子又有多少呢？古代的人夜晚拿着蜡烛游玩，实在有道理啊！何况正逢温暖的春天，那烟雨迷蒙的美好景色在召唤我，大自然在我面前显示出一派锦绣风光。相会在桃李花开、香气馥郁的花园，畅谈兄弟们之间的乐事。诸位弟弟俊美才秀，都有谢惠连的风采。而我吟咏诗篇，独自以为不能和谢灵运相比而感到惭愧。幽美的景色还没欣赏完，大家纵情的言谈开始变得清雅。坐在花丛中间，摆开丰盛的宴席，酒杯频频高举，在月光下开怀痛饮，醉又何妨？没有出色的作品，怎能抒发高雅的情怀？如果作诗不成，那就只好按照金谷园的先例，罚酒三杯。

賞析 这是李白的一篇骈体抒情小品。

在春意融融、桃李芬芳的花园中，与兄弟们饮酒赋诗，海阔天空畅谈世事人生，尽情抒发和享受融融的亲情，这确实是一件赏心乐事，怎不令人兴致盎然，一饮千盏呢？因此，作者在发出『浮生若梦，为欢几何』的感慨之后，又笔锋一转写飞觞吟诗，表现人生之乐，从中可以看出欢欣喜悦是这篇小品的感情基

注釋 ①逆旅：旅馆，客舍。②浮生若梦：谓世事无定，生命短促，如梦幻一般。浮生：空虚不实的人生。③秉烛夜游：指人生短促，应及时行乐。④良：确实。以：原因。⑤大块：指大地，大自然。假：借。文章：指锦绣河山。⑥飞羽觞：比喻杯盏交错，开怀痛

饮。⑦罚依金谷酒数：晋人石崇家有金谷园，经常宴客于园中，当筵赋诗，没有写成的就罚酒三杯。

调。

文章虽短，但脉络分明，层次井然。末尾以『如诗不成，罚依金谷酒数』作结，戛然而止，言有尽而意无穷，令人浮想联翩。通篇感情真挚强烈，语言清新俊逸，可谓『清水出芙蓉，天然去雕饰』。

陋室铭

唐·刘禹锡

山不在高，有仙则名。水不在深，有龙则灵。斯是陋室，惟吾德馨①。苔痕上阶绿，草色入帘青。谈笑有鸿儒②，往来无白丁③。可以调素琴，阅金经。无丝竹之乱耳，无案牍④之劳形。南阳诸葛庐，西蜀子云亭。孔子云：『何陋之有？』

注释 ①馨：能散布到远处去的芳香。②鸿儒：大学者。鸿：大。③白丁：无官职的平民。这里指缺乏文化的人。④案牍：指官府的文书。形：身体。

譯文 山，不在于高，有神仙住着就会出名；水，不在于深，有蛟龙潜藏就会显灵。这虽是一间简陋的小室，但我的德行却远近闻名。青苔爬满台阶，翠绿可嘉；芳草映入窗帘，青碧怡人。平时谈笑，有饱学之士；来往结交，无鄙陋之人。可以弹琴，可以观经。没有管弦乐曲扰乱心境，没有官府文书劳神伤身。南阳有诸葛亮的茅庐，西蜀有扬雄的方亭。孔子说：『这有什么简陋的呢？』

赏析 铭体多为自警，此文却是自誉之作。文章写『陋室』，实写『何陋之有？』表现了诗人清高孤傲的性格特征。

这篇铭文生动地描写了陋室的美景、陋室主人的高雅闲散，充分显示了刘禹锡自负、自得而又知足当乐的乐天派风采。全文短小精悍，音韵铿锵，朗朗上口。开篇模拟，微露主旨；结尾引言，画龙点睛。

人活一世，为的是什么？也许你家财万贯但是生活并不幸福；也许你一贫如洗但是整天自得其乐。这样两种方式你会选择哪一种呢？这就需要看自己是一种什么样的生活态度。名利和金钱是身外之物，保持一种快乐的生活态度才是最重要的。读了这篇文章，相信你可以从中得到一些启示。

注释 ①钩心斗角：房屋和中心区相钩连即勾心。屋角对凑，状如相斗，故称『斗角』。②未云何龙：古人认为云从龙，有龙必有云。③复道：楼阁间架木构成的空中通道。霁：雨或雪后转晴。④绿云：比喻妇女黑润而稠密的头发。扰扰：纷纷扬扬。⑤

阿房宫赋

唐·杜牧

六王毕，四海一。蜀山兀，阿房出。覆压三百余里，隔离天日。骊山北构而西折，直走咸阳。二川溶溶，流入宫墙。五步一楼，十步一阁。廊腰缦回，檐牙高啄。各抱地势，钩心斗角①。盘盘焉，囷囷焉，蜂房水涡，矗不知其几千万落。长桥卧波，未云何龙②？复道行空，不霁③何虹？高低冥迷，不知西东。歌台暖响，春光融融。舞殿冷袖，风雨凄凄。一日之内，一宫之间，而气候不齐。

妃嫔媵嫱，王子皇孙，辞楼下殿，辇来于秦。朝歌夜弦，为秦宫人。明星荧荧，开妆镜也；绿云扰扰④，梳晓鬟也。渭流涨腻，弃脂水也；烟斜雾横，焚椒兰也；雷霆乍惊，宫车过也；辘辘远听，杳不知其所之也。一肌一容，尽态极妍。缦立远视，而望幸⑤焉，有不得见者三十六年。燕、赵之收藏，韩、魏之经营，齐、楚之精英，几世几年，取掠其人，倚叠如山。一旦不能有，输来其间。鼎铛玉石，金块珠砾，弃掷逦迤。秦人视之，亦不甚惜。

嗟乎！一人之心，千万人之心也。秦爱纷奢，人亦念其家。奈何取之尽锱铢⑥，用之如泥沙！使负栋之柱，多于南亩之农夫；架梁之椽，多于机上之工女；钉头磷磷，多于在庾⑦之粟粒；瓦缝参差，多于周身之帛缕；直栏横槛，多于九土之城郭；管弦呕哑，多于市人之言语。使天下之人，不敢言而敢怒。独夫之心，日益骄固。戍卒叫，函谷举。楚人一炬，可怜焦土。

呜呼！灭六国者，六国也，非秦也。族⑧秦者，秦也，非天下也。嗟夫！使六国各爱

幸：古代指天子车驾到达某地。⑥锱铢：古代极小的重量单位。二十四铢为一两，六铢为一锱。⑦磷磷：水里的石头密集，这里是形容密集的样子。庾：露天谷仓。⑧族：古代的一种酷刑，多至诛灭九族。

其人，则足以拒秦。秦复爱六国之人，则递三世，可至万世而为君，谁得而族灭也？秦人不暇自哀，而后人哀之。后人哀之而不鉴之，亦使后人而复哀后人也！

译文　六国灭亡，天下统一。蜀山的树木被砍伐一空，阿房宫得以建成。它覆盖了三百多里的地面，遮天蔽日。它从骊山北面开始修建再折向西面，一直到咸阳。渭水和樊川的水缓缓流动，一直流进宫内。五步一楼，十步一阁。走廊迂回曲折，屋檐高高耸起，如同鸟雀啄食，亭台楼阁随着地势起伏，向中心区靠拢，屋角相向，宛如互相争斗。宫室盘旋起伏，曲折环绕，既像蜂房，又似水涡，高高耸立在那里，不知道有几千万座。长桥横卧波面，天空无云，哪里会飞来『苍龙』？复道架设在空中，并非雨过天晴，怎么会出现『彩虹』？房屋高高低低，到处都是，让人眼花缭乱，分不出东南西北。台上歌声温柔，让人感到春天一样的温暖；舞殿上彩袖飘飞，仿佛是风雨交加，让人感到阵阵寒意。一天之内，一宫之间，气候各异。

六国的后宫佳丽、王子皇孙，离开自己的楼阁宫殿，乘坐华车来到秦朝，早晨唱歌，夜晚弹琴，成了秦王后宫的侍妾。明星闪闪，原来是打开了梳妆的镜子；黑云弥漫，原来是早晨梳理头发；渭水上漂满了油腻，原来是倒掉的带有胭脂香粉的洗脸水；烟雾缭绕，原来是在焚烧香料；雷声突然响起，原来是宫车经过；车轮辘辘作响，声音越来越小，不知它最终到了哪里。佳丽们的全身上下，都打扮得非常光鲜诱人，她们久久地站立着，目视远方，希望君王能够驾临。有人就这样等了三十六年，也没见过始皇一面。燕、赵、韩、魏、齐、楚收藏的金银珠宝，是他们几代人从他们的国民手中掠夺搜刮得来的，堆在库房里像山一样高。一旦不能继续占有，就被秦王运到阿房宫。秦王把宝鼎当作平底锅，把美玉当作顽石，把黄金当作土块，把珍珠当作沙砾，丢得到处都是，秦人对待这些金银财宝并不怎么爱惜。

唉！一个人的心愿，也就是千万个人的心愿。秦王喜欢奢侈浪费，人们也顾念自己的家。为什么搜刮它们的时候一丝一毫都不放过，但用起来却像泥沙一样呢？使承受栋梁的柱子，比田野中的农民还多；架在梁上的椽条，比织机上工作的妇女还多；钉头密密麻麻，比仓中的粟米还多；瓦缝参差不齐，比身上帛布的丝缕还多；直的栏杆，横的门槛，比全国的城池还多；乐器演奏发声，比集市上的人声还要嘈杂。这就让全国的人，敢怒而不敢言，而众叛亲离的帝王心里，却日益骄横顽固。陈胜、吴广率先起义，函谷关被刘邦攻下，项羽一把火把阿房宫烧成一片灰烬。

唉！使六国灭亡的，是六国自己，并不是秦国。使秦朝灭亡的，是秦王朝自己，并不是天下人。唉！假使六国各自爱护自己的人民，那么就足以抵抗秦国；假使秦又爱护六国的人民，那么就可以传递三世甚至万世都做皇帝，谁能够消灭他们的家族呢？秦人来不及痛惜自己的亡国，后人却替他们伤心；后人虽替他们哀伤，但没有吸取教训，这就会使更后来的人来哀叹他们啊！

赏析 阿房宫，秦始皇所建，故址在今陕西省西安市西南阿房村。据史载，阿房宫建制华丽，为古今所罕见。此文作于唐敬宗李湛宝历元年（八二五）。敬宗荒淫失德，自即位以来，即广征声色，大兴土木，修建宫殿。文章借秦建阿房宫为题材，运用赋的传统手法，铺陈排比，极尽夸张形容之能事，而其用意所在，则是针对现实，提出历史教训，把统治者穷奢极欲的罪行和人民所遭受的残酷剥削和繁重徭役紧密联系起来，指出由于骄奢浪费，失去民心，最终将会国破家亡。

通篇以散文为赋，融叙事、抒情、议论为一体，想象丰富，比喻新颖，语言瑰丽，音韵和谐，不愧为千古传唱之名篇！

注释 ①是：指上文所说的仁义。之：往，这里指进修。道：应该行走的路，应该遵循的道理。②足乎：是说仁义发于内心，有足够的自我修养。外：外界的影响。③『彼以煦煦为仁』二句：意谓老子不了解仁义的巨大意义，而停留在言辞颜色或生活

原道

唐·韩愈

博爱之谓仁，行而宜之之谓义，由是而之焉之谓道①，足乎己无待于外②之谓德。仁与义为定名，道与德为虚位。故道有君子小人，而德有凶有吉。老子之小仁义，非毁之也，其见者小也。坐井而观天，曰天小者，非天小也。彼以煦煦为仁，孑孑为义③，其小之也则宜。其所谓道，道其所道，非吾所谓道也；其所谓德，德其所德，非吾所谓德也。凡吾所谓道德云者，合仁与义言之也，天下之公言也④。老子之所谓道德云者，去仁与义言之也，一人之私言也。

周道衰，孔子没，火于秦。黄、老于汉，佛于晋、魏、梁、隋之间。其言道德仁义者，不入于杨，则入于墨；不入于老，则入于佛。入于彼，必出于此。入者主之，出者奴之。入者附之，出者污之。噫，后之人其欲闻仁义道德之说，孰从而听之？老者曰：『孔子，吾师之弟子也。』佛者曰：『孔子，吾师之弟子也。』为孔子者，习闻其说，乐其诞而自小也，亦曰『吾师亦尝师之』云尔。不惟举之于其口，而又笔之于其书。噫，后之人虽欲闻仁义道德之说，其孰从而求之？甚矣！人之好怪也。不求其端，不讯其末，惟怪之欲闻。

古之为民者四，今之为民者六。古之教者处其一，今之教者处其三。农之家一，而食粟之家六；工之家一，而用器之家六；贾之家一，而资焉⑤之家六。奈之何民不穷且盗也？古之时，人之害多矣。有圣人者立，然后教之以相生相养之道。为之君，为之师。驱其虫蛇禽兽而处之中土。寒然后为之衣，饥然后为之食。木处而颠，土处⑥而病也，

然后为之宫室。为之工以赡其器用，为之贾以通其有无，为之医药以济其夭死，为之葬埋、祭祀以长其恩爱，为之礼以次其先后，为之乐以宣其湮郁，为之政以率其怠倦，为之刑以锄其强梗。相欺也，为之符玺、斗斛、权衡以信之；相夺也，为之城郭、甲兵以守之。害至而为之备，患生而为之防。今其言曰：『圣人不死，大盗不止。剖斗折衡，而民不争。』呜呼！其亦不思而已矣。如古之无圣人，人之类灭久矣。何也？无羽毛鳞介以居寒热也，无爪牙以争食也。

是故君者，出令者也；臣者，行君之令而致之民者也；民者，出粟米麻丝、作器皿、通货财，以事其上者也。君不出令，则失其所以为君；臣不行君之令而致之民，则失其所以为臣；民不出粟米麻丝、作器皿、通货财，以事其上，则诛。今其法曰：『必弃而君臣，去而父子，禁而相生相养之道⑦，以求其所谓清净寂灭者。』呜呼！其亦幸而出于三代之后，不见黜于禹、汤、文、武、周公、孔子也；其亦不幸而不出于三代之前，不见正于禹、汤、文、武、周公、孔子也。帝之与王，其号虽殊，其所以为圣一也。夏葛而冬裘，渴饮而饥食，其事虽殊，其所以为智一也。今其言曰：『曷不为太古之无事？』是亦责冬之裘者曰：『曷不为葛之之易也？』责饥之食者曰：『曷不为饮之之易也。』传曰：『古之欲明明德于天下者，先治其国；欲治其国者，先齐其家；欲齐其家者，先修其身；欲修其身者，先正其心；欲正其心者，先诚其意。』然则古之所谓正心而诚意者，将以有为也。今也欲治其心，而外天下国家，灭其天常，子焉而不父其父，臣焉而不君其君，民焉而不事其事。孔子之作《春秋》也，诸侯用夷礼，则夷之；进于中国，则中国之。经曰：『夷狄之有君，不如诸夏之亡。』《诗》曰：『戎狄是膺，荆舒是惩。』今也，举夷狄之法，而加之先王之教之上，几何其不胥而为夷也？夫

小节上。④合：包括。公言：公理。⑤资焉：依靠商贾以取得生活资料。⑥木处：树上架巢而居。土处：穴居野处。⑦『必弃而君臣』三句：指僧人见君不下拜，所以说弃而君臣；弃世出家，所以说去而父子；不事生产劳动，所以说禁而相生相养之道。⑧死则尽其常：常，即上文的天常。意谓尽了君臣、父子之

义，能够终其天年。⑨郊：指祭天，古代祭天在南郊。假：通作『格』，感通，降临的意思。⑩『不塞不流』二句：意谓老、佛之道不加塞止，则儒家的圣人之道不得流行。⑪庐其居：意谓把僧尼、道士住的寺观庙宇改为民用的庐舍。

所谓先王之教者，何也？博爱之谓仁，行而宜之之谓义，由是而之焉之谓道，足乎己无待于外之谓德。其文，《诗》、《书》、《易》、《春秋》；其法，礼、乐、刑、政；其民，士、农、工、贾；其位，君臣、父子、师友、宾主、昆弟、夫妇；其服，麻、丝；其居，宫、室；其食，粟米、果蔬、鱼肉。其为道易明，而其为教易行也。是故以之为己，则顺而祥；以之为人，则爱而公；以之为心，则和而平；以之为天下国家，无所处而不当。是故生则得其情，死则尽其常⑧。郊焉而天神假⑨，庙焉而人鬼飨。曰：『斯道也，何道也？』曰：『斯吾所谓道也，非向所谓老与佛之道也。尧以是传之舜，舜以是传之禹，禹以是传之汤，汤以是传之文、武、周公，文、武、周公传之孔子，孔子传之孟轲。轲之死，不得其传焉。荀与扬也，择焉而不精，语焉而不详。由周公而上，上而为君，故其事行。由周公而下，下而为臣，故其说长。』然则如之何而可也？曰：『不塞不流⑩，不止不行。人其人，火其书，庐其居⑪，明先王之道以道之，鳏寡、孤独、废疾者有养也，其亦庶乎其可也。』

译文　泛爱大众叫做仁，行动适宜叫做义，从仁义出发去立身行事叫做道，自己的心中本来充满仁义而不求之于外来影响叫做德。仁和义是有具体内容的定名，道和德是不具体的虚位。所以道就有君子之道和小人之道的分别，德有凶德和吉德的不同。

老子贬低仁义的意义，不是有意诋毁仁义，而是由于他所见狭小的缘故。这就像是坐在井中观天，说天很小，其实并不是天很小。老子把巧言令色看作仁，把细谨小节看作义，因而贬低仁义的意义，就不足为怪了。老子所讲的道，是把他对道的理解当作道，不是我讲的道；老子所讲的德，是把他对德的理解当作德，不是我讲的德。我所讲的道和德，都是包括仁与义来谈的，是天下的公理；老子所讲的道与德，都是抛开仁与义来谈的，是一己的私见。

自从周王朝权力衰微，孔子去世后，诗书史籍被秦烧毁，黄、老之学盛行于汉，佛教盛行晋、魏、梁、隋之间。所以谈论道德仁义的人，不是信奉杨朱的学说，就是信奉墨翟的学说；不信奉黄老学说，就是信奉佛教学说。推崇那一说，一定排斥这一说；推崇一说，就奉为宗主；排斥一说，就看作隶属；推崇一说，就极力吹捧它；排斥一说，就肆意诋毁它。唉！后世的人想听仁义道德的学说，到底听从谁呢？崇尚老子学说的人说：『孔子是我们先师的弟子。』信奉佛教的人说：『孔子是我们佛祖的弟子。』推崇孔子学说的人，听惯了老、佛两家的说法，喜欢这些怪诞的说法而轻视自己，也跟着说：『我们的老师曾经向老子、佛教学习呢。』不但说在嘴上，而且写在书上。唉！后世的人虽然想听到仁义道德的学说，但他们从哪里去探求呢？

太厉害了，人们爱好怪诞之说！不推求事物的开端，不探究其发展情况和影响，只要是怪诞之说就想听，古时候的百姓只有四种，士、商、农、工；现在增为六种了，士、商、农、工、僧、道。古时候只有士民主教化，居四民之一；现在士和僧、道并主教化，居六民之三。这样，一户农民，要供六户人家的口粮；一户工匠，要供六户人家的器具；一户商民，要供六户人家的生活资料；怎么能不使百姓穷困，被迫去做盗贼啊！

古时候，人类遇到的危害很多。有圣人出来，教导人们共同生活和养育的道理、方法；为他们设立君主，为他们设立师长，替他们驱走虫、蛇、禽兽而定居在中原。冷了帮他们找穿的，饿了帮他们找吃的。住在树上容易掉下来，住在洞里容易生病，就帮他们建筑宫室。为人们分设工民，来充分供应他们的器具；为人们分设商民，来互通他们的有无；为人们寻找医药，来拯救他们的夭折死亡；为人们倡导葬埋祭祀，来增长他们的恩爱感情；为人们规定礼节，来叙列他们的尊卑长幼；为人们制作音乐，来宣泄他们的抑郁苦闷；为人们布施政教，来督促懒散怠惰；为人们设立刑罚，来锄除强暴。有欺骗别人的事，便为

人们设置符节、印章、斗斛、权衡，来表明诚信；有侵略别人的事，便为人们筑城墙、制武器来防守。总之，祸害到来而圣人给他们先作了准备，患难发生而圣人给他们先作了预防。现在老子一派的言论说：『如果圣人不死，大盗窃国的事就不会停止；只有打碎了斗斛，折断了秤杆，百姓才不会争夺。』唉！说这种话的人也实在是没仔细想一想罢了！如果古时候没有圣人，人类早已灭迹。为什么这样说呢？因为人类没有羽毛鳞甲来适应严寒酷热的环境，也没有锐爪利牙来与禽兽争夺食物。

因此，君主是发布命令的；臣子是执行君王的命令而施行到百姓身上的，百姓是生产粟米麻丝、制作器皿、流通货物钱财来供奉上面的统治者的。君主不发布命令，就失去了他做君王的职责；臣子不奉行君王的命令而施行到百姓，就失去了他做臣子的职责；百姓不生产粟麻丝、制作器皿、流通货物钱财来供应上面的统治者，就应该受到责罚。现在的佛法说：『必须废弃你的君臣礼节，断绝你的父子亲属关系，取消你的共同生活和长育的道理、方法。』以求得他们所谓的清净寂灭的境界。唉！这些荒诞的说法侥幸地出现在夏、商、周三代之后，没有被禹、汤、文、武、周公、孔子废黜掉；这些荒诞的教法，又不幸没有出现在夏、商、周三代之前，没有得到禹、汤、文、武、周公、孔子的纠正。

五帝和三王，他们的名字虽然不同，而都有功德于民却是相同的。夏天穿粗麻布衣服，冬天穿皮袄，口渴了饮水，肚子饿了吃饭，这些事情虽然不同，但做得很明智却是一样的。现在老子一派人的言论说：『为什么不像太古时代那样无为而治呢？』这也就好像指责冬天穿皮袄的人说：『为什么不做穿麻布衣那样容易的事呢？』责备肚子饿了而吃饭的人说：『为什么不做饮水那样容易的事呢？』

《礼记》说：『古时候想宣扬大德于天下的人，先要治理他的国家；要治理他的国家，先整肃他的家庭；要整肃他的家庭，先要修养他自身；要修养他自身，先要端正他的思想；想端正他的思想，先要他有诚意。』因此，古时候所谓端正思想而有诚意的人，是将要有所作为（即治国平天下）呢。现在崇奉佛教、老子学说的人也想整治他们的思想，却把天下国家当作外物，废止人类的天然秩序，做儿子的不孝敬他的父亲，做臣子的不尊奉他的君主，做百姓的不履行他的义务。孔子写作《春秋》的时候，凡中原地区的诸侯如果采用夷礼的，便把他看作夷人；夷人如果能采用中原地区礼节的，便把他看作中原地区的诸侯。《论语》说：『夷狄虽然有君主，但没有礼义，不如中原虽然也偶尔无君，却礼义不废。』《诗经》说：『要攻打西方北方的戎、狄，要惩罚南方的荆、舒。』现在却把夷狄的教法，加在先王的教化之上，那么与叫大家都成为夷人有什么差别吗？

所谓先王的教导是什么呢？泛爱大众叫做仁，做事行动适宜叫做义，从仁义出发去立身行事叫做道，自己心中本来具有仁义而不求之于外来影响叫做德。先王之教的文字是《诗经》、《尚书》、《周易》、《春秋》；治国的办法是礼节、音乐、刑法、政治；它的人民就是士、农、工、商；秩序伦理就是君臣、父子、师友、宾主、兄弟、夫妇；衣服是麻布和丝绸；住宅是宫室；食物就是粟米、果蔬、鱼肉。总之，先王之教的道理容易明了，教化容易施行。因此，用它来律己，就和顺而吉祥；用它来待人，就仁爱而公正；用它来涵养心性，就气和心平；用它来治理天下国家，就没有什么事情处理不恰当。因此，人活着就能够顺他的情意生活，人死时就可以享尽他的天年，祭天神就使天神感动，祭祖庙就使祖宗享用。有人会问：『这个道是什么道呢？』我说：『这正是我所说的道，不是前面说的老子和佛教的道。』尧把这个道传给舜，舜把这个道传给禹，禹把这个道传给汤，汤把这个道传给文王、武王、周公，文王、武王、周公传给孔子，孔子传给孟轲，孟轲死后，此道就没有传下来。后来的荀况和扬雄，虽然都有成就，但荀况的言论还欠简择、不精辟，扬雄阐述的道理还欠详尽。从周公上推，尧、舜、禹、汤、文、武在上做君王，所以他们的功德广泛施行；从周公下推，孔子、孟轲在下为臣民，所以他们的言论长久流传。

既然这样，对这种情况怎么办才可以呢？回答说：『佛老之道不加堵塞、不禁止，先王之道就不能流传，不能施行。必须迫使僧尼道士还俗于四民之中各就其业，烧毁传布佛老教义的书，把他们住的寺观庙宇改为民用庐舍，大力宣传先王之道来引导他们，使天下的鳏夫、寡妇、孤儿、孤老、残疾，生活都有保

障，这样也就差不多算可以了。」

赏析 此文是体现韩愈政治思想和文风特点的代表作之一。原道，探求道的本源，这本源就是篇中所说的儒家『仁义』之道，用以排斥佛老之说。此文系统地阐述所谓『先王之教』即封建的伦理、教化和等级制度，指出僧侣寄生阶层严重影响国计民生，对社会危机深刻的中唐有其现实意义。但文中轻视人民群众在历史上的作用，还表现了大汉族主义的思想，这是应该批判的。行文波澜曲折，句式错综复杂，气势磅礴，表现出韩式文章雄健宏伟、深浩流转的特色。

杂说［一］

唐·韩愈

龙嘘气成云，云固弗灵于龙也。然龙乘是气，茫洋穷乎玄间，薄日月，伏光景①，感②震电，神变化③，水下土④，汩⑤陵谷，云亦灵怪矣哉！云，龙之所能使为灵也。若龙之灵，则非云之所能使为灵也。然龙弗得云，无以神其灵矣。失其所凭依，信不可欤！异哉！其所凭依，乃其所自为也。《易》曰：『云从龙。』既曰龙，云从之矣。

注释 ①薄：同『迫』，靠近。伏光景：指龙驾着云常常可以遮蔽日月的光亮。②感：同『撼』，撼动。③神变化：神奇变化。④水：降雨。下土：大地。⑤汩：水奔流的样子，这里指淹没。

译文 龙吐出气来化成云，云不会比龙更神灵。然而龙乘着这云气，腾云驾雾地游遍天空，靠近日月，遮蔽它们的光辉，激动那电闪雷鸣，风雨变化，雨落到地上，淹没了山谷，云也是有灵性的啊！云，是龙使得它灵异的，至于龙的灵异，就不是云能够赋予它的。但是，龙没有云，便不能显示它的灵异。失去它所凭借依靠的东西，就不行！奇妙啊！龙所凭借依靠的东西却是它自己创造出来的。《易经》说：『云是跟着龙的。』既然叫做龙，云自然会跟着它了。

赏析 本文论述了龙和云的相生相依关系：『云从龙』、『龙乘是气』，两者不可分离；文章又从『云，龙之所能使为灵也。若龙之灵，则非云之所能使为灵也』比较了它们的地位孰轻孰重，由此可以看出它们的关系是不分上下，从而更加证明两者相生相依的关系。

此文的云和龙不单单是简单地说明一项事物，而是有所指的。作者以龙比喻圣君；以云比喻贤臣；以龙能够使云变得灵异，比喻臣子要得到君主的重用才能表现他的贤明；以龙没有得到云也无法显示它的灵

异，比喻君主没有贤臣的辅佐也不能表现他的圣智。

全篇用比喻，写得委婉曲折，寓意深长，耐人寻味。

古文观止精华

注释 ①『世有伯乐』二句：谓有伯乐才能发现千里马。②骈死于槽枥之间：谓和一般的马同死在马厩里。③不以千里称也：不被人称为千里马。④不知其能千里而食也：不当千里马去饲养它。食：通『饲』，喂养。⑤材：本能，指千里马的食量。

杂说〔四〕

唐·韩愈

世有伯乐，然后有千里马①。千里马常有，而伯乐不常有。故虽有名马，只辱于奴隶人之手，骈死于槽枥之间②，不以千里称也③。马之千里者，一食或尽粟一石。食马者，不知其能千里而食也④。是马也，虽有千里之能，食不饱，力不足，才美不外见，且欲与常马等不可得，安求其能千里也？策之不以其道，食之不能尽其材⑤，鸣之而不能通其意，执策而临之曰：『天下无马！』呜呼！其真无马邪？其真不知马也！

译文 世上先有善于相马的伯乐，然后千里马才能被发现。千里马是经常有的，但伯乐却不常有。所以，即使有日行千里的名马，也只能埋没在养马人的手里，和普通马一起死在马厩里，不能凭借千里马的才力受到人们称赞。

日行千里的马，每吃一餐大约要吃一石粮食。养马的人不知道它能日行千里，不按千里马的食量去喂饱它。这匹马，即使有驰骋千里的才能，但由于没有吃饱，力气不足，才能和优点不能显露出来，甚至想要它达到普通马的水平都办不到，又怎么能要求它日行千里呢？

驾驭它不能掌握方法，饲养它不能满足它的食量，听到它嘶鸣又不能理解它的意思，反而拿着马鞭指着它说：『天下没有好马！』唉！难道真是没有好马？那是真的不认识好马啊！

赏析 『世有伯乐，然后有千里马。』这是中华民族妇孺皆知的真理，可见这篇文章对后世的影响。

本文借千里马不遇伯乐，来说明奇材异能之士多沉沦于下僚，不能施展自己的抱负而郁郁寡欢，慨叹

封建统治者不知如何识别和任用人才。作者抒发怀才不遇的愤慨，同时也反映出了封建社会英雄豪杰知音难觅的普遍遭遇。

文章矫健挺拔，篇幅短小，字里行间充满着作者抑郁不得志的愤慨之情，感情淋漓尽致，动人心弦。

【古文观止】

卷八

注释 ①庸知：岂知。②无：无论。③师道：从师学道的风尚，从师求学的道理。④或师：指不知句读而从师学习。或不：指惑之不解则不从师学习。⑤『位卑』二句：意谓以位卑于己的人为师，则有失身份，感到耻辱；以大官为师，则又有近于谄谀的嫌疑。⑥六艺

师说

唐·韩愈

古之学者必有师。师者，所以传道、受业、解惑也。人非生而知之者，孰能无惑？惑而不从师，其为惑也，终不解矣。生乎吾前，其闻道也，固先乎吾，吾从而师之；生乎吾后，其闻道也，亦先乎吾，吾从而师之。吾师道也，夫庸知①其年之先后生于吾乎？是故无②贵无贱，无长无少，道之所存，师之所存也。嗟乎！师道③之不传也久矣，欲人之无惑也难矣。古之圣人，其出人也远矣，犹且从师而问焉；今之众人，其下圣人也亦远矣，而耻学于师。是故圣益圣，愚益愚，圣人之所以为圣，愚人之所以为愚，其皆出于此乎？

爱其子，择师而教之；于其身也，则耻师焉，惑矣！彼童子之师，授之书而习其句读者也，非吾所谓传其道、解其惑者也。句读之不知，惑之不解，或师焉，或不④焉，小学而大遗，吾未见其明也。

巫医、乐师、百工之人，不耻相师；士大夫之族，曰师、曰弟子云者，则群聚而笑之。问之，则曰：『彼与彼年相若也，道相似也。』位卑则足羞，官盛则近谀⑤。呜呼！师道之不复，可知矣。巫医、乐师、百工之人，君子不齿，今其智乃反不能及，其可怪也欤！圣人无常师，孔子师郯子、苌弘、师襄、老聃。郯子之徒，其贤不及孔子。孔子曰：『三人行，则必有我师。』是故弟子不必不如师，师不必贤于弟子，闻道有先后，术业有专攻，如是而已。李氏子蟠，年十七，好古文，六艺经传⑥皆通习之；不拘于时，学于余。余嘉其能行古道，作《师说》以贻之。

经传：六经的经文和传文。六艺：六经，就是《诗》、《书》、《礼》、《乐》、《易》、《春秋》。经：六经的正文。传：解释经的著作。

译文 古代求学的人一定要有老师。老师，是传授道理、讲授六艺经传、解答疑难的。人不是一生下来就有知识、懂道理的，谁能没有疑难呢？有疑难而不从师学习，他的疑难就永远不能解决了。

出生在我前面的，他懂得『道』自然比我早，我跟着他学习；出生在我后面的，他懂得『道』也比我早，我也跟着他学习。我是学『道』呀，难道管他比我先出生还是后出生吗？因此，不论地位高低，不论年龄大小，『道』在哪里，老师就在哪里。

唉！从师学道的风尚已经失传很久了，想要人没有疑难问题也太难了。古时候的圣人，远远超过一般人，尚且向老师请教；现在的普通人，远远低于圣人，但却耻于向老师学习。因此，圣人就更加圣明，愚人就更加愚昧。圣人之所以成为圣人，愚人之所以成为愚人的原因，大概就是由于这一点吧。

一个人爱自己的孩子，就选择老师来教他，自己却耻于向老师学习，这太糊涂了。那些孩子们的老师，只是拿着书本教孩子学会其中的句读，并不是我所说的传授道理、解答疑难的老师。句读不理解，疑难不能解答，前者还请教老师，后者都不这样。小的方面学了而大的方面却遗弃了，我看不出这是明智。

巫医、乐师及各种工师，他们不以互相学习为耻辱，而士大夫这类人，如果有人说起『老师』、『学生』等，那么大家就会聚在一起加以嘲笑。问他们为什么嘲笑，就说：『他和他年龄差不多，懂得的道理也差不多。称地位低的人为老师就感到羞耻；称官职高的人为老师就认为近于谄谀。』唉！从师学道的风尚不能恢复，由此可知了！巫医、乐师和各种工匠，是君子瞧不起的人，现在君子的见识反而不如他们，这真是奇怪啊！

圣人没有固定的老师，孔子曾经向郯子、苌宏、师襄、老聃请教。郯子这些人，他们的学识道德比不上孔子。孔子说：『三个人走在一起，一定有可以做我的老师的人。』因此，学生不一定不如老师，老师也不一定比学生高明，懂得『道』有先有后，学问也各有专长，不过如此罢了。

李家有个孩子名叫蟠的，今年十七岁，爱好古文，六经的经文传文全都学习了，不受时俗的束缚，在

我这里求学。我赞赏他能实行古人的从师之道，就写了这篇《师说》赠给他。

赏析　孔子说：『三人行，必有我师。』这种尊师重道的说法是中国几千年来遗留下来的传统美德，本文就是从理论上阐明老师的作用和从师的重要性。文章开篇就提出『师者，所以传道、受业、解惑也』的观点，本文从这一观点出发，通过古今于师态度之不同作对比，以『巫医、乐师、百工之人』与『士大夫之族』于师之不同作对比，从而批评了当时士大夫阶层耻于相师的不良社会风气。作者在文中提出『道之所存，师之所存』、『弟子不必不如师，师不必贤于弟子』等观点，在今天仍不失其积极意义。由于作者的阶级局限，文中不免透露出轻视『巫医、乐师、百工』的思想。

全文立意高远，错综复杂，反复引证，笔势纵横，意味无穷。

进学解

唐·韩愈

国子先生晨入太学，召诸生立馆下，诲之曰：『业精于勤，荒于嬉；行成于思，毁于随。方今圣贤相逢，治具毕张。拔去凶邪，登崇俊良。占小善者率以录，名一艺者无不庸。爬罗剔抉，刮垢磨光。盖有幸而获选，孰云多而不扬？诸生业患不能精，无患有司之不明；行患不能成，无患有司之不公。』

言未既，有笑于列者曰：『先生欺余哉！弟子事先生①，于兹有年②矣。先生口不绝吟于六艺之文，手不停披于百家之编。纪事者必提其要，纂言者必钩其玄。贪多务得，细大不捐。焚膏油以继晷③，恒兀兀以穷年：先生之业，可谓勤矣。觝排④异端，攘斥佛老；补苴罅⑤漏，张皇幽眇；寻坠绪之茫茫，独旁搜而远绍⑥；障百川而东之，回狂澜于既倒⑦：先生之于儒，可谓劳矣。沉浸醲郁，含英咀华⑧。作为文章，其书满家。上规姚姒⑨，浑浑无涯；周诰殷盘，佶屈聱牙；《春秋》谨严，《左氏》浮夸；《易》奇而法，《诗》正而葩；下逮《庄》、《骚》，太史所录；子云、相如，同工异曲：先生之于文，可谓闳其中而肆其外矣⑩！少始知学，勇于敢为；长通于方，左右具宜：先生之于为人，可谓成矣。然而公不见信于人，私不见助于友。跋前踬后，动辄得咎。暂为御史，遂窜南夷。三年博士，冗不见治。命与仇谋，取败几时！冬暖而儿号寒，年丰而妻啼饥。头童齿豁，竟死何裨？不知虑此，反教人为！』

先生曰：『吁，子来前！夫大木为宗⑪，细木为桷⑫，欂栌、侏儒⑬，椳、闑、扂、楔⑭，各得其宜，施以成室者，匠氏之工也。玉札、丹砂，赤箭、青芝，牛溲、马勃，

注释 ①事先生：事，侍奉。旧时代学生跟老师学习，这种关系也称『事』。②兹：此，今。有年：多年。③晷：日影。④觝排：排斥。⑤补苴：弥补。罅：裂缝，漏洞。⑥寻：理出。坠绪：指已衰落不振的儒学。旁：广泛。绍：继承。⑦障：防堵。东之：使百

败鼓之皮，俱收并蓄，待用无遗者，医师之良也。登明选公，杂进巧拙，纡余为妍，卓荦[15]为杰，校短量长，惟器是适者，宰相之方也。昔者孟轲好辩，孔道以明，辙环天下，卒老于行。荀卿守正，大论是宏，逃谗于楚，废死兰陵。是二儒者，吐辞为经，举足为法，绝类离伦，优入圣域，其遇于世何如也？今先生学虽勤而不由其统，言虽多而不要其中，文虽奇而不济于用，行虽修而不显于众。犹且月费俸钱，岁靡廪粟[16]，子不知耕，妇不知织，乘马从徒，安坐而食，踵常途之役役，窥陈编以盗窃；然而圣主不加诛，宰臣不见斥，非其幸欤！动而得谤，名亦随之，投闲置散，乃分之宜。若夫商财贿之有亡，计班资之崇庳[17]，忘己量之所称，指前人之瑕疵，是所谓诘匠氏之不以杙[18]为楹，而訾[19]医师以昌阳引年，欲进其豨苓[20]也。」

译文 国子先生一大早就走进太学，召集全部学生站在学馆下，教导他们说：『学业靠勤奋而进步，因贪玩而荒废；德行靠深思熟虑而成就，因随俗苟且而毁败。当今贤臣圣主相聚在一起，国家法度政令能贯彻执行。铲除凶险奸邪的坏人，选拔德才兼备的好人，具有一点优点的人都已录用，有一技之长的人没有不被提拔使用的。国家搜罗人才，剔除不好的，选择优秀的，让这些人克服缺点，做出成绩。可能有无才而侥幸得到提拔的，谁说能力强而不被举用呢？你们怕的应是自己学业不能进步，不要担心主管官吏不明察；怕的应是自己德行不能成就，不必担心主管官吏的不公正。』

话还没有说完，有一个学生就在队伍中嘲笑说：『先生欺骗我们！我跟先生学习，已经有几年的时间了。先生嘴不停地吟诵六经的文章，手不停地翻阅诸子百家的著作。对史籍一类的著作必提出书中要点，对理论性的著作，必探索其中精深的义理。贪图多学而又要求有所收获，知识不管大小都不会舍弃，点灯熬油，夜以继日，常常终年苦学不倦。先生对于学业，可称勤奋了。先生抵制儒家之外的学说，排斥佛教

川向东流。狂澜：狂涛，比喻异端。既倒：已经倾倒。⑧醲郁：指内容醇厚馥郁的作品。含英咀华：指对文章的精华，细细咀嚼体味。⑨规：取法。姚，虞舜的姓，姒：夏禹的姓。⑩闳：大。中：文章内容。肆：恣肆。外：文章形式。⑪宗：屋梁。⑫桷：屋椽。⑬欂栌：斗拱。侏儒：梁上椽。⑭椳：

门臼，用来承门枢。闑：门中央所竖短木。居：门栓。楔：门两旁所竖的长木柱。⑮卓荦：指突出，不凡。⑯靡：耗费。廪粟：米仓的米。⑰崇庳：高低。⑱杙：小木桩。⑲訾：诋毁，指责。⑳豨苓：又名猪苓，利尿药，久服损肾。

和道家。补充儒学的缺漏不足，阐发其精致的义理。寻求茫无头绪的失传了的儒学，独自广泛搜求，远承孔孟，防堵大小河流泛滥，引它们东流入海，把已经倾泻的狂涛挽转过来。先生对于儒家，可称有劳苦功高了。您沉浸在内容醇厚的儒家典籍之中，玩味其中的精华，写起文章来，参考书满屋子都是。向上学习虞书、夏书的深远无穷，周书、殷书的曲折艰深，《春秋》的一字不苟，《左传》的铺张华美，《周易》的变化无穷而又有规律，《诗经》的内容纯正和辞藻华丽。向下学习《庄子》、《离骚》，司马迁的《史记》，扬雄、司马相如的辞赋，好像不同的乐曲同样美妙动听。先生对于写文章，可说内容精深博大，文辞波澜壮阔了。您少年时刚懂得学习，就勇于实践，长大后通晓为人行事的道理，事事都处理适当。先生对于为人处世，可称成熟完备了。但是，却不被人信任，也得不到朋友的帮助，处境困顿，动不动就获罪惹祸。只短暂地做了御史，便被贬谪到南方边远地区；三年当博士，担任个闲散职务，表现不出您的政治才能。命运跟您的仇敌相勾结，使您屡遭挫败。即使在温暖的冬天，儿子也叫冷；在丰收年成，妻子也挨饿哭泣。头秃齿落，到死有什么好处呢？不知道去考虑这里的原因，反而教别人去跟着做。』

先生说：『哎！你到前面来。你要知道，大木头做屋梁，小木头作椽子。斗拱、梁上椽、门臼、门中短木、门闩、门楔，每一种木都得到合理使用，用来建成房屋，这是木匠的技术。地榆、朱砂、天麻、龙芝、车前草、马屁菌、破败的鼓皮，兼收并蓄，备齐待用而没有一样被遗漏。这是医师的高明技术。选拔人才，公正无私，好的和差的一起量才录用。以屈曲稳重、不露锋芒的为可嘉，以超凡出众的为英杰。比较优劣长短，务必做到人尽其才，这是宰相的治国之术。从前孟轲喜欢辩论，孔子的学说才得以传播，他周游列国，终于在周游中过完一辈子，荀况遵守正道，发扬光大了博大精深的儒学，为逃避别人的诋毁跑到楚国，后来被废为平民，死在兰陵。这两位先儒，言论成为经典，行为树为榜样，远远超过一般人，绰有余裕地进入圣人的行列。他们在当时社会上遭遇怎么样呢？现在先生我学习虽勤奋而不遵循儒学的纲领，言论虽多而不切合儒学的主旨。文章虽出众而无益于用，举止虽有修养而不比众人显著。尚且月月耗

费俸钱，年年浪费国库的粮食；儿子不知耕种，妻子不知纺织。出门时骑着马带着服侍的随众，安稳地享受一切。我不过是追随世俗之道而劳苦奔走，看看古书东抄西摘而没有创见。虽然如此，皇帝都不予惩罚，宰相也不予斥责，这难道不是先生我的幸运吗？虽然一举一动都被毁谤，但名声也跟着来了。把我放在闲散的位置上，这是理所当然的。如果计较俸禄的多少，较量官位的高低，忘记了自己的能力同什么职位相称，却去指责当权者的过失，这就好比责备木匠不用小木桩做柱子，批评医师不该用昌蒲使病人延年益寿，而要他用对延年益寿不起作用的豨苓一样。』

赏析 唐宪宗元和七年（八一二），韩愈再度降为国子学博士，大材小用，韩愈不能不感到愤懑，后作此文以自喻来抒发心中的不满情绪。但是韩愈没有从正面写自己的不满情绪，而是通过设问设答、反话正说的形式，道出了自己长期不受重用、反遭贬斥的不满情绪，也暗寓着对当时执政者不以德才取人、用人不公不明的讽刺。这篇文章的高明之处在于无一愤懑不平之语，实际上处处含怨怼愤激之情，更具打动人心的力量。同时文章还指出了增进学、行的方法在于『勤』与『思』，并且『业精于勤，荒于嬉；行成于思，毁于随。』这句名言对于激励今天的世人仍有着显著的意义。

文章属于辞赋，押韵、排比和对偶句的运用，使文章音调和谐，语句整齐流畅，增强了艺术感染力。

圬者王承福传

唐·韩愈

圬①之为技，贱且劳者也。有业之，其色若自得者。听其言，约而尽②。问之，王其姓，承福其名，世为京兆长安农夫。天宝之乱，发人为兵，持弓矢十三年，有官勋，弃之来归。丧其土田，手镘衣食③。余三十年，舍于市之主人，而归其屋食之当④焉。视时屋食之贵贱，而上下其圬之佣以偿之。有余，则以与道路之废疾饿者焉。

又曰：粟，稼而生者也。若布与帛，必蚕绩而后成者也。其他所以养生之具，皆待人力而后完也。吾皆赖之。然人不可遍为，宜乎各致⑤其能以相生也。故君者，理我所以生者也，而百官者，承君之化者也。任有大小，惟其所能，若器皿焉。食焉而怠其事，必有天殃。故吾不敢一日舍镘以嬉。夫镘易能，可力焉。又诚有功，取其直。虽劳无愧，吾心安焉。夫力易强而有功也；心难强而有智也。用力者使于人，用心者使人，亦其宜也。吾特择其易为而无愧者取焉。

嘻！吾操镘以入富贵之家有年矣。有一至者焉，又往过之，则为墟矣。有再至、三至者焉，而往过之，则为墟矣。问之其邻，或曰：噫！刑戮也。或曰：身既死而其子孙不能有也。或曰：死而归之官也。吾以是观之，非所谓食焉怠其事而得天殃者邪？非强心以智而不足，不择其才之称否而冒⑥之者邪？非多行可愧、知其不可而强为之者邪？将富贵难守、薄功而厚飨⑦之者邪？抑丰悴有时⑧、一去一来而不可常者邪？吾之心悯焉，是故择其力之可能者行焉。乐富贵而悲贫贱，我岂异于人哉？又曰：功大者，其所以自奉也博。妻与子，皆养于我者也，吾能薄而功小，不有之可也。又吾所谓劳力者，若立

注释 ①圬：粉刷墙壁。②约：简约，简单扼要。尽：详尽，这里可引申为透彻。③镘：抹墙用的抹子。俗称泥刀。衣食：作动词，维持生活。④屋食：房租和伙食费。当：相当的价值。⑤遍：全部。致：尽。⑥称：相当，相配。冒：假冒，这里是勉强

充任，滥竽充数的意思。⑦将：还是。飨：指享受。⑧丰悴有时：即富贵贫贱有定数。⑨患不得之而患失之：指一些贪求富贵的人，当他没有得到富贵时，心中只怕得不到；当他得到富贵后，又怕失掉富贵。语出《论语》。⑩济：满足。亡：同『无』。

吾家而力不足，则心又劳也。一身而二任焉，虽圣者不可为也。

愈始闻而惑之，又从而思之，盖贤者也，盖所谓独善其身者也。然吾有讥焉，谓其自为也过多，其为人也过少。其学杨朱之道者邪？杨之道，不肯拔我一毛而利天下。而夫人以有家为劳心，不肯一动其心以畜其妻子，其肯劳其心以为人乎哉？虽然，其贤于世之患不得之而患失之⑨者，以济其生之欲、贪邪而亡⑩道、以丧其身者，其亦远矣！又其言有可以警余者，故余为之传，而自鉴焉。

【译文】粉刷墙壁这种手艺，是卑贱而且劳苦的。有一个以这作为职业的人，样子却好像自得其乐。听他讲的话，言词简明，意思却很透彻。我问他姓名，知道他姓王，名叫承福。他家世代都是京兆长安的农民。天宝年间爆发『安史之乱』时，抽调百姓当兵，他也被征入伍，手持弓箭当了十三年兵，有官府授给的勋级。但他却放弃官职回到家乡，他家的田地已经没有了，就拿起泥刀维持生活，到如今已经三十多年了。他寄居在街上的屋主家里，并付给他们一定的房租、伙食费。根据当时房租、伙食费的高低，来增减他粉刷墙壁的工价，归还给主人。有余钱，就拿去给流落在道路上的残废、贫病、饥饿的人。

他又说：『粮食，是人们种植才长出来的。像布匹丝绸，一定要养蚕、纺织才能制成。其他用来维持生活的物品，都是靠人们劳动然后才能完成，这些东西我要赖以为生。但是，一个人不可能样样亲手去做，应该各自尽他的能力，相互协作来求得生存。所以国君的责任是治理我们，教导我们怎样生活，而各种官吏的责任则是辅佐国君来教化百姓。责任有大有小，只是各尽所能，就像器皿的大小虽然不一，但是各有各的用途一样。如果光吃饭不做事，一定会有天降的灾祸。所以我一天也不敢丢下泥刀去游玩嬉戏。粉刷墙壁是比较容易掌握的技能，可以努力做好，又确实有成效，还能取得应有的报酬，虽然劳累却问心无愧，因此我心里十分坦然。体力是容易强行发挥并做出成绩来的，脑力就难以强行使它聪明了。这样，干体力活的人被人役使，用脑力的人役使人，也是理所当然的。我只是选择那种容易做而又问心无愧的活来取得报酬呢！

『唉！我拿着泥刀到富贵人家干活有好多年了。有的人家只到过一次的，再经过那里时，当年的房屋就成为废墟了。有到过两次、三次的，后来经过那里时，也变为废墟了。向他们的邻居打听，有的说：「被判死罪杀掉了。」有的说：「主人已经死了，他们的子孙不能守住遗产。」也有的说：「主人死后财产归公了。」由此看来，不正是光吃饭不做事遭到了天降的灾祸吗？不正是勉强自己去干才智达不到的事，不选择与他的才能相称的事却要充数居高位的结果吗？不正是做了很多亏心事，明知不能做而硬要去做的结果吗？也可能是富贵难以保住，少贡献却多享受造成的结果吧？也许是富贵贫贱都有一定时运，一来一去，不能经常保有吧？我的心很怜悯这些人，所以选择力所能及的事情去做，喜爱富贵而嫌弃贫贱，我难道与别人不同吗？』

他还说：『功劳大的人，他的物资多，妻子和儿女都由自己来养活。我能力小，功劳少，没有妻子儿女也可以。再则我是个做体力活的人，如果成家而能力不足以养活妻子儿女，就又要劳心了。一个人要担负劳力、劳心双重任务，即使是圣人也不能做到啊！』

我刚听到他的话感到迷惑不解，接着又想了想，这大概是位贤明的人，大概就是人们所说的『独善其身』的人吧。但是，我对他也要批评一下，他为自己想得太多，为别人想得太少，该是个学杨朱哲学的人吧？杨朱的哲学是不肯拔掉自己一根毫毛去造福于天下的。这个王承福把有家当劳心，竟不肯动一点脑筋去养活妻子儿女，他还肯动脑筋来为别人吗？虽然这样，他比世上那些患得患失，只求满足自己的生活欲望，贪婪邪恶，没有道德以至丢掉性命的人，还是好多了。而且，他的话有些是可使我警惕的，所以我给他写了这篇传记，作为自己的鉴戒。

赏析 本文是韩愈为一个泥工王承福写的传记，有简要的生平叙述和作者的评议，其主旨是表达作者的人生观。文章强调了人生在世，应该自食其力，问心无愧地生活，不能干力所不能及的事情，不能贪图非分的享受，表现了作者的『穷则独善其身，达则兼济天下』的处世态度。文中肯定了凭劳动自食其力的人，批判了怠惰其事、才低位高的当权者。这在当时是难能可贵的。

但文中宣扬了『用力者使于人，用心者使人』的错误观点，这是一种潜意识里的剥削和压迫，是不足取的。文章论说有理有据，夹叙夹议，错落有致。最后以自鉴作结尾，实际是规劝世人，意极含蓄。

送李愿归盘谷序

唐·韩愈

太行之阳有盘谷。盘谷之间，泉甘而土肥，草木丛茂，居民鲜少。或曰：谓其环两山之间，故曰盘。或曰：是谷也，宅幽而势阻，隐者之所盘旋。友人李愿居之。愿之言曰：『人之称大丈夫者，我知之矣。利泽施于人，名声昭于时。坐于庙朝，进退百官，而佐天子出令。其在外，则树旗旄①，罗弓矢，武夫前呵，从者塞途，供给之人，各执其物，夹道而疾驰。喜有赏、怒有刑，才俊满前，道古今而誉盛德，入耳而不烦。曲眉丰颊，清声而便体，秀外而惠中，飘轻裾，翳长袖，粉白黛绿者，列屋而闲居。妒宠而负恃，争妍而取怜②。大丈夫之遇知于天子、用力于当世者之所为也。吾非恶此而逃之，是有命焉，不可幸而致也。

『穷居而野处，升高而望远。坐茂树以终日，濯清泉以自洁。采于山，美可茹③；钓于水，鲜可食。起居无时，惟适之安。与其有誉于前，孰若无毁于其后；与其有乐于身，孰若无忧于其心。车服不维，刀锯不加，理乱不知，黜陟④不闻。大丈夫不遇于时者之所为也，我则行之。

『伺候于公卿之门，奔走于形势之途，足将进而趦趄，口将言而嗫嚅⑤。处污秽而不羞，触刑辟而诛戮。侥幸于万一，老死而后止者，其于为人贤不肖何如也？』

昌黎韩愈，闻其言而壮之。与之酒，而为之歌曰：『盘之中，维子之宫；盘之土，可以稼；盘之泉，可濯可沿；盘之阻，谁争子所？窈而深，廓其有容⑥；缭而曲，如往而复。嗟盘之乐兮，乐且无央⑦。虎豹远迹兮，蛟龙遁藏；鬼神守护兮，呵禁不祥。饮且食

注释 ①旗旄：古代大臣出使，大将出征，皇帝赐旗，旗上系旄牛尾或鸟羽，作为有指挥权的标志。②负恃：自以有恃仗，意即自恃美貌。妍：美丽。取怜：得到爱怜。③美：味美。茹：食、吃。④理乱：治和乱。唐人避高宗李治的名号，凡是用『治』的地方，都改写为

『理』。黜陟：贬黜、升迁。⑤趑趄：迟疑不前的样子。嗫嚅：想说又吞吞吐吐不敢说的样子。⑥窈：幽静。廓：空阔。其：助词，无意义。有容：可以容纳许多东西。⑦无央：没有完尽，无穷无尽。

兮寿而康，无不足兮奚所望？膏吾车兮秣吾马，从子于盘兮，终吾身以徜徉。』

譯文 太行山的南面有一个盘谷。盘谷中间，泉水甘美，土地肥沃，草木茂盛，居民稀少。有人说，因为它环绕在两山之间，所以叫盘谷。有人说，这个山谷，地方幽静而形势险要，是隐士盘桓往来的地方。我的朋友李愿住在那里。

李愿说：『那些被称为大丈夫的人，我是知道的。他有利益恩惠施给别人，名望声誉显赫于当世。他坐在朝廷之上，决定百官的进退升降，辅佐皇帝发号施令。他在外面，便树立旗帜，排列着弓箭，武士在前面吆喝开道，随从人员挤满了道路；服侍的仆役，各人拿着东西，排列在道路的两旁迅速地奔走。他高兴了就有奖赏，他发怒了就有刑罚。许多才学出众的人在他面前，说古道今，称颂他的美好品德，听在耳朵里并不感到满足。那些眉毛弯曲，脸颊丰腴，声音清亮，体态轻盈，外貌秀美，资质聪慧的美人；穿着轻软的衣服，拖着长长的衣袖，脸上擦满白粉，眉毛画得黛黑的姬妾，住在一间间房子里闲着没事，嫉妒别人得宠，总以为自己是天姿国色，互相比赛打扮，希望得到怜爱。这些就是得到皇帝赏识信任，在当时拥有很大权势的大丈夫的所作所为。我不是讨厌这些人才逃避它；那是命运注定，不能侥幸得到呀。

『住在穷乡僻壤，登上高山眺望远景；逍遥地坐在茂密的树荫下过日子，用清冽的泉水把自己洗得干干净净。山里采的野菜，甜美可口；水里钓的鱼虾，味鲜可吃。起居没有一定时间，只求舒适安逸。与其先受人称赞，不如以后没人毁谤；与其享受形体上的快乐，不如精神上没有忧虑。功名利禄不会束缚我，残酷的刑罚不会触及我；政事的好坏不理会，官职的升降不关心。这是没有遇上时机的大丈夫的所作所为，我就要这样做。

『守在贵族大官的门口，等待接见；在有权势的人家，来往奔走。脚将要跨进人家的大门又不敢进去，口将要说话又不敢说出。处在卑下污辱的地位却不觉得羞耻，触犯了刑律就被杀死。这种为了侥幸得到一个机会，直到老死才肯罢休的人，他们的为人到底是好还是不好呢？』

韩愈听了他的话非常赞赏。敬了他一杯酒，并为他写了一首歌：

盘谷的中间，是你的宫室。盘谷的土地，可以耕种。盘谷的泉水，可以洗浴，可以沿着散步。盘谷的险阻，谁来和你争夺。盘谷寂静幽深，空阔得能包容万物。盘谷回环曲折，行人好像向前走，不知不觉又绕回。啊，盘谷中的快乐无穷无尽。虎豹跑得远远的啊，蛟龙也逃开躲藏。鬼神守护着啊，呵斥禁止各种不祥之物。喝着盘谷的水吃着盘谷的食物啊，延年益寿又安康。没有什么不满足的啊，还有什么更高的欲望？准备好我的车啊，喂饱我的马，跟你去盘谷隐居啊，且让我这一生也逍遥游玩。

赏析 本文作于公元八〇一年，作者三十四岁。当时，韩愈失官之后来到京师求官，遭到一些挫折，心情郁闷，满腹牢骚。于是，他便在这篇送朋友归隐的诗中，赞美了隐士的清高和自由。文章借李愿之口写出了三种人：第一种是仕途得意之人，是天子的宠臣，效力于当世者；第二种人是闲居之人，远离政治，是自己愿意成为的角色；第三种是伺候于公卿之门，为利禄而终日忙碌，作者对这种人有『其为人贤不肖』的评价。文章讽刺了权贵的志得意满和穷奢极欲，嘲笑了趋炎附势者的阿谀逢迎和投机钻营，同时还表现出了作者不得意的愤懑之情。文中对这三种人的刻画，惟妙惟肖，对照鲜明。语言流畅，音调和谐，文中夹杂了许多对偶句，看得出保留了六朝骈文的遗迹。

做闲云野鹤是人生一大幸事，可是又有几人能放下功名利禄去过这种神仙般的生活呢？人都被眼前的名和利冲昏了头脑，从来不会想到真正快乐的生活才是最重要的。不论身在何处只求活得幸福，这才是最重要的。

祭十二郎文

唐·韩愈

年、月、日，季父愈闻汝丧之七日，乃能衔哀致诚，使建中远具时羞之奠，告汝十二郎之灵：

呜呼！吾少孤，及长，不省所怙，惟兄嫂是依。中年，兄殁南方，吾与汝俱幼，从嫂归葬河阳。既又与汝就食江南①，零丁孤苦，未尝一日相离也。吾上有三兄，皆不幸早世。承先人后者，在孙惟汝，在子惟吾。两世一身，形单影只。嫂尝抚汝指吾而言曰：『韩氏两世，惟此而已！』汝时尤小，当不复记忆；吾时虽能记忆，亦未知其言之悲也！

吾年十九，始来京城。其后四年，而归视汝。又四年，吾往河阳省坟墓，遇汝从嫂丧来葬。又二年，吾佐董丞相于汴州，汝来省吾，止一岁，请归取其孥。明年，丞相薨②，吾去汴州，汝不果来。是年，吾佐戎徐州，使取汝者始行，吾又罢去，汝又不果来。吾念汝从于东，东亦客也，不可以久；图久远者，莫如西归，将成家而致汝。呜呼！孰谓汝遽去吾而殁乎？

吾与汝俱少年，以为虽暂相别，终当久与相处。故舍汝而旅食京师，以求斗斛之禄。诚知其如此，虽万乘之公相，吾不以一日辍汝而就也③！

去年，孟东野往，吾书与汝曰：『吾年未四十，而视茫茫，而发苍苍，而齿牙动摇。念诸父与诸兄，皆康强而早世，如吾之衰者，其能久存乎？吾不可去，汝不肯来，恐旦暮死，而汝抱无涯之戚也。』孰谓少者殁而长者存，强者夭而病者全乎？

注释 ①就食江南：去江南谋生。②薨：古时诸侯和二品以上大官死亡称薨。③辍：中止，离开。就：趋从，接受。④克：能够。蒙：承受。⑤毛血：指体质。志气：指精神。⑥人世：人世间事，意指做官。⑦顷：一百亩为一顷。伊、颍：伊水和颍水，这里指韩愈的家乡。⑧尚飨：也作『尚享』，旧时祭文常用作结尾。尚：庶几，希望。飨：用酒食款待人，泛指请人享受。

呜呼！其信然邪？其梦邪？其传之非其真邪？信也，吾兄之盛德而夭其嗣乎？汝之纯明而不克蒙④其泽乎？少者、强者而夭殁，长者、衰者而存全乎？未可以为信也！梦也，传之非其真也，东野之书，耿兰之报，何为而在吾侧也？呜呼！其信然矣！吾兄之盛德而夭其嗣矣，汝之纯明宜业其家者，不克蒙其泽矣。所谓天者诚难测，而神者诚难明矣！所谓理者不可推，而寿者不可知矣！

虽然，吾自今年来，苍苍者或化而为白矣，动摇者，或脱而落矣，毛血日益衰，志气⑤日益微，几何不从汝而死也。死而有知，其几何离？其无知，悲不几时，而不悲者无穷期矣。

汝之子始十岁，吾之子始五岁，少而强者不可保，如此孩提者，又可冀其成立邪？呜呼哀哉！呜呼哀哉！

汝去年书云：『比得软脚病，往往而剧。』吾曰：『是疾也，江南之人，常常有之。』未始以为忧也。呜呼，其竟以此而殒其生乎？抑别有疾而致斯乎？

汝之书，六月十七日也；东野云：汝殁以六月二日；耿兰之报无月日。盖东野之使者不知问家人以月日；如耿兰之报，不知当言月日。东野与吾书，乃问使者，使者妄称以应之耳？其然乎？其不然乎？

今吾使建中祭汝，吊汝之孤与汝之乳母。彼有食可守以待终丧，则待终丧而取以来；如不能守以终丧，则遂取以来。其余奴婢，并令守汝丧。吾力能改葬，终葬汝于先人之兆，然后惟其所愿。

呜呼！汝病吾不知时，汝殁吾不知日，生不能相养以共居，殁不能抚汝以尽哀，敛不凭其棺，窆不临其穴。吾行负神明，而使汝夭。不孝不慈，而不得与汝相养以生，相

守以死。一在天之涯，一在地之角，生而影不与吾形相依，死而魂不与吾梦相接。吾实为之，其又何尤！『彼苍者天』，『曷其有极』！自今已往，吾其无意于人世⑥矣！当求数顷之田于伊、颍⑦之上，以待余年。教吾子与汝子，幸其成；长吾女与汝女，待其嫁：如此而已。

呜呼！言有穷而情不可终，汝其知也邪？其不知也邪？呜呼哀哉！尚飨⑧！

译文 某年某月某日，叔父韩愈听到你去世的消息的第七天，才能够怀着悲痛来表达真诚的心意，派了建中从远道备办时鲜食作为祭品，在你十二郎的灵前倾诉衷情：

唉！我从小就失去了父亲，到长大成人，不知道依靠谁，全赖大哥大嫂的抚养。大哥正当中年的时候，在南方去世，我和你都还小，跟着大嫂回到河阳安葬大哥，接着又和你一起去江南谋生，孤苦零丁，从来不曾分开过一天。我上面有三个哥哥，都不幸死得早，继承先人的后代，孙一辈只有你，儿一辈只有我，两代人都是一个，好不形影孤单！大嫂曾经抚摸着你又指着我说：『韩氏两代，只有这两个了！』你那时还很小，一定不记得了；我当时虽然能够记住，也不懂得嫂嫂话中包含的悲伤之情啊！

我十九岁那年，才来到京城，过了四年，我回家去看你。又过了四年，我去河阳扫墓，碰到你归葬嫂嫂回来。又过了两年，我在汴州辅佐董丞相，你来探望我，只住了一年，你要求回家去接妻子。第二年，董丞相逝世，我离开汴州，结果你没有来。这一年，我在徐州节度使手下辅佐军事工作，派去迎接你的人才动身，我又罢官辞职，结果你又没有来。我想你跟我东来徐州，徐州也是异乡客地，不可以长久停留；为长远打算，不如西归河阳家乡，把家安置好再去接你来。唉，谁料到你突然离开我而去世了呢！我和你当时都还很年轻，以为虽然暂时分别，最后一定会长久住在一起，所以我离开你而旅居到京师谋生，以求得一点点俸禄；如果知道会是现在这样的情形，就是拥有车马万乘的公卿宰相，我也不会离开你一天而去上任啊！

去年，孟东野去江南，我写信给你：我年纪不满四十，已经视力模糊，头发花白，牙齿松动。想起伯叔和两位哥哥，都身体强壮却过早地去世，像我这样衰弱的人，能够活得长久吗？我不能离开这里，你又不肯来这里，恐怕有一天死了，使你抱着无限的忧伤啊！谁知道年轻的你死了而年长的我活着，身强的你短命，而体弱的我倒还保全了。唉！难道是真的如此呢？还是做梦呢？还是传来的消息不真呢？如果是真的，我哥哥具有美好的德行而他的儿子却夭亡了吗？你那样纯正贤明而不能够承受我哥哥的福泽吗？年轻身强的早死而年长体弱的却活下来吗？不能认为这是真的啊？如果是梦，传来的消息不真，那么，孟东野的信、耿兰的报告，为什么却在我的身边呢？唉！这是真的如此啊！我哥哥具有美好的德行而他的儿子却过早地死去了！你纯正贤明可以继承家业的人，却不能够承受我哥哥的福泽啊！这就是说，老天爷真难猜测，神灵真难明白了！这就是，事理不能够推求，年寿也不能预先知道了！虽然这样，我自从今年以来，花白的头发已经变为全白了，松动的牙齿已经脱落，体质一天天更加衰弱，精神一天天更加萎靡，没有多久时间也可能跟你一道死啊！人死后如果有知觉，眼下的分离就没有多少时间了；人死后如果没有知觉，这悲伤也不会有多久了，不悲伤倒是无穷无尽的。你的儿子才十岁，我的儿子才五岁，年轻身强的人尚且不能保全活下来，像这样的幼小孩童，又可以期望他们成长自立吗？唉，可悲可痛啊！唉，可悲可痛啊！

你去年的信中说，近来得了腿脚无力的病，时常发作很厉害。我说，这个病，江南的人经常有，就没有替你担忧。唉！难道竟是因为这个病夺去了你的生命么？还是另外有别的病才到这个地步？你的信，是去年六月十七日写的。孟东野说，你去世是今年六月二日；耿兰的报告没有月和日。那是因为东野的使者不知道向家人问你去世的月日；耿兰的报告，不知道应当讲明月日。东野为了给我写信，才问使者，使者

就随便讲个月日回答他，是这样的呢？或者不是这样的呢？

现在我派建中来祭你，安慰你的儿子和你的乳母，他们有钱粮可以守到丧期完毕，那就等到丧期完毕我再接他们来；如果不能守到丧期完毕，那就现在接了来。其余的仆人婢女，都要他们守你的丧。我有能力给你改葬，总归要把你葬在祖先的墓地，这样做了以后，才算了却我的心愿。

唉！你得病我不知道在什么时候，你去世我不知道是什么日子；你活着的时候我们不能住在一起互相照顾，你死了我不能抚摸着你的尸体哭泣哀悼；你入殓时我不能在棺材旁守灵，你安葬时我不能亲自送你到墓穴。我的所作所为对不起神明，使你短命而死。我对父兄不孝，对侄儿不慈，不能和你生活在一起互相照顾，守在一起直到老死。一个在天边，一个在地角。你活着的时候，影子不和我的形体互相依靠；你死了，灵魂不和我在梦中接触。这实在都是我造成的，能够怨谁呢？那苍苍的老天爷啊，这悲痛难道有个尽头吗！从今以后，我没有心思再去做官了，应当在伊水、颍河一带置办几顷田地，来消磨剩下的日子，教育我的儿子和你的儿子，期望他们长大成材；抚养我的女儿和你的女儿，等到把她们嫁出去。就这样罢了！

唉！话有说完的时候而哀痛之情没办法终止。你知道呢？还是不知道呢？唉，可悲可痛啊！你来享用这些祭品吧！

赏析 此文是韩愈在侄子十二郎死后做的一篇祭文。文章写韩愈和侄子十二郎从小生活在一起的点滴感受，年龄相差不大，感情深厚，所以他得到十二郎骤然去世的消息之后，非常悲痛，含泪写下这篇祭文，文中字字是血，句句含泪，表现了他和侄儿间深厚的感情。祭文细致地叙述了韩愈和十二郎幼年时患难与共，长大后生离死别的情形，诉说了韩愈在十二郎死后的极度悲伤和一些打算。

古代的祭文一般是用整齐的四言韵语或骈文来写的，这篇祭文却打破常套，纯用散文来写，所以不受束缚，感情真挚，语不惊人，却能打动人心，被称为祭文中的『千年绝调』。

祭鳄鱼文

唐·韩愈

维年月日，潮州刺史韩愈，使军事衙推①秦济，以羊一、猪一，投恶溪②之潭水，以与鳄鱼食，而告之曰：

昔先王既有天下，列山泽，网绳擉刃，以除虫蛇恶物为民害者，驱而出之四海之外③。及后王德薄，不能远有，则江、汉之间，尚皆弃之，以与蛮夷、楚越，况潮，岭、海之间，去京师万里哉？鳄鱼之涵淹卵育于此，亦固其所。

今天子嗣唐位，神圣慈武。四海之外，六合之内，皆抚而有之。况禹迹所揜④，扬州之近地，刺史、县令之所治，出贡赋以供天地、宗庙、百神之祀之壤者哉？鳄鱼其不可与刺史杂处此土也！

刺史受天子命，守此土，治此民，而鳄鱼睅然⑤不安溪潭，据处食民畜、熊、豕、鹿、獐，以肥其身，以种其子孙；与刺史亢拒⑥，争为长雄。刺史虽驽弱，亦安肯为鳄鱼低首下心，伈伈睍睍⑦，为民吏羞，以偷活于此邪？且承天子命以来为吏，固其势不得不与鳄鱼辩。

鳄鱼有知，其听刺史言：潮之州，大海在其南。鲸鹏之大，虾蟹之细，无不容归，以生以食，鳄鱼朝发而夕至也。今与鳄鱼约：尽三日，其率丑类⑧南徙于海，以避天子之命吏！三日不能，至五日；五日不能，至七日；七日不能，是终不肯徙也；是不有刺史听从其言也；不然，则是鳄鱼冥顽不灵，刺史虽有言，不闻不知也。夫傲天子之命吏，不听其言，不徙以避之，与冥顽不灵而为民物害者，皆可杀。刺史则选材技吏民，操强

注释 ①军事衙推：刺史的属官。②恶溪：即潮安县境内的韩江。③擉：同『戳』，刺。四海之外：古人认为中国四面都是海，因称异域为四海之外。④揜：通『掩』。⑤睅然：同『悍然』。勇猛，无所畏惧的样子。⑥亢拒：通『抗拒』。⑦伈伈：恐惧的样子。睍

睨：不敢正视的样子。⑧丑类：众类，指大小鳄鱼。

弓毒矢，以与鳄鱼从事，必尽杀乃止。其无悔！

译文 某年某月某日，潮州刺史韩愈派遣军事衙推秦济，把一只羊、一只猪，投进韩江的深水中，给鳄鱼吃，同时劝诫它们说：

从前三王五帝统治了天下，焚烧山野里的草木，结绳为网，使用锋利的刀枪，去掉危害民间的虫蛇恶物，把它们赶到四海以外的地方。到了东周以后的君主，德行浅薄，不能领有远处的地方，就是长江和汉水流域的土地，尚且抛弃给了蛮、夷、楚、越，何况潮州在五岭和大海的中间，距离京师万里呢？鳄鱼在这里潜伏、繁殖，也本来是自然的。

现在的天子继承唐朝的帝位，神圣仁慈而又英武，四海之外、宇宙以内的地方，都属唐朝统治。何况潮州是大禹的足迹所曾经到达过的与古代扬州相邻的地方，是刺史、县令所治理的区域，是进呈贡物，缴纳捐税，以供天子对天地、祖宗和各种神明的祭祀的地方呢！鳄鱼是不能跟刺史同住在这个地方的。刺史受了天子的命令，镇守这块土地，管理这里的百姓，而鳄鱼胆敢不安分守己，潜伏在溪底，盘踞在栖息之处，吃掉老百姓的牲口和熊、猪、鹿、獐一类野物，来养肥自己的身体，繁殖自己的子孙；和刺史抗拒，要争个上风，刺史即使无能懦弱，又怎肯对鳄鱼低头屈服？胆小怕事，给治理人民的官吏们丢脸，在这里苟且偷生呢！而且我奉皇上命令来这里做官，因此不能不和鳄鱼说清道理。

鳄鱼有知，且听刺史的话：潮州这地方，大海在它的南面，大到鲸鱼和大鹏，小到虾子和螃蟹，没有哪一种不可以在大海里安居乐业，在那里生存，在那里吃喝；鳄鱼从恶溪早上动身晚上就可以到那里。现在，我和鳄鱼约定；三天之内，希望你带领你的同伴向南边迁移到大海去，避开皇上派来治理百姓的官吏；三天不行，就五天；五天不行，就七天；如果七天不行，那就是永远不肯迁移；那是你不把刺史放在眼里，不听从我的话；要不然，就是鳄鱼愚蠢顽劣，不可教化，所以刺史虽然说了这么一番话，你仍然

等于没听到，不理会。要知道，藐视皇上派遣的官吏，不听他的话，不迁移出去避开他，以及愚蠢顽劣、不可教化，成为人民大害的，都可以杀掉。那么，刺史就要挑选武艺高强的差役和健壮民丁，拿了强弓毒箭，跟鳄鱼进行战斗，必定要完全杀尽方才罢休。希望你那时不要后悔！

赏析 据《新唐书·韩愈传》说，韩愈初到潮州，知道恶溪有鳄鱼为患，便写这篇祭文劝诫它，结果恶溪的水西迁六十里，潮州永无鳄鱼为患了。这自然是故弄玄虚的传说，但本文确实表现了韩愈为民除害的思想。

文章也意指一些势力庞大的地方封建官僚，仗着自己远离宫廷而作威作福，韩愈以神话的形式透露出要为封建统治者肃清余孽的决心。此文说理充分，跌宕多姿，富于抑扬变化。

柳子厚墓志铭

唐·韩愈

子厚讳宗元。七世祖庆，为拓跋魏侍中，封济阴公。曾伯祖奭，为唐宰相，与褚遂良、韩瑗，俱得罪武后，死高宗朝。皇考讳镇①，以事母弃太常博士，求为县令江南。其后以不能媚权贵，失御史，权贵人死，乃复拜侍御史。号为刚直，所与游，皆当世名人。

子厚少精敏，无不通达，逮其父时，虽少年，已自成人。能取进士第，崭然见头角，众谓柳氏有子矣。其后以博学宏词，授集贤殿正字。俊杰廉悍，议论证据今古，出入经史百子，踔厉风发，率常屈其座人，名声大振，一时皆慕与之交。诸公要人，争欲令出我门下，交口荐誉②之。

贞元十九年，由蓝田尉拜监察御史。顺宗即位，拜礼部员外郎。遇用事者得罪，例出为刺史。未至，又例贬州司马。居闲，益自刻苦，务记览，为词章，泛滥停蓄③，为深博无涯涘，而自肆于山水间。

元和中，尝例召至京师，又偕出为刺史，而子厚得柳州。既至，叹曰：『是岂不足为政邪？』因其土俗，为设教禁，州人顺赖。其俗以男女质钱，约不时赎，子本相侔④，则没为奴婢。子厚与设方计⑤，悉令赎归。其尤贫力不能者，令书其佣，足相当，则使归其质。观察使下其法于他州，比一岁，免而归者且千人。衡、湘以南，为进士者，皆以子厚为师。其经承子厚口讲指画为文词者，悉有法度可观。

其召至京师而复为刺史也，中山刘梦得禹锡，亦在遣中，当诣播州。子厚泣曰：

注释 ①皇考：死去的父亲。镇：柳镇，曾被命为太常博士，他辞谢，愿为宣城（今属安徽省）令。这时他的母亲已死，『以事母弃太常博士』不确。②交口荐誉：众口一词予以推荐，赞誉。③泛滥停蓄：形容学问文章的广博和深厚。④子本：利息和本钱。相

侔：相等。⑤与设方计：替债务人设法。⑥诩诩：能说会道，取悦别人。以相取下：互相谦虚，表示尊重。⑦不自贵重顾藉：不尊重、爱惜自己，结交不应结交的人，指柳宗元参加王叔文集团，韩愈认为这是柳宗元的失误。⑧坐：获罪。废退，指远谪边地，不用于朝廷。⑨经纪：经营，料理。

『播州，非人所居，而梦得亲在堂，吾不忍梦得之穷，无辞以白其大人，且万无母子俱往理。』请于朝，将拜疏，愿以柳易播，虽重得罪，死不恨。遇有以梦得事白上者，梦得于是改刺连州。呜呼！士穷乃见节义。今夫平居里巷相慕悦，酒食游戏相征逐，诩诩强笑语以相取下⑥，握手出肺肝相示，指天日涕泣，誓生死不相背负，真若可信；一旦临小利害，仅如毛发比，反眼若不相识；落陷阱，不一引手救，反挤之又下石焉者，皆是也。此宜禽兽夷狄所不忍为，而其人自视以为得计，闻子厚之风，亦可以少愧矣。

子厚前时少年，勇于为人，不自贵重顾藉⑦，谓功业可立就，故坐废退⑧。既退，又无相知有气力得位者推挽，故卒死于穷裔。材不为世用，道不行于时也。使子厚在台省时，自持其身，已能如司马、刺史时，亦自不斥。斥时有人力能举之，且必复用不穷。然子厚斥不久，穷不极，虽有出于人，其文学辞章，必不能自力以致必传于后如今，无疑也。虽使子厚得所愿，为将相于一时，以彼易此，孰得孰失，必有能辨之者。

子厚以元和十四年十一月八日卒，年四十七。以十五年七月十日，归葬万年先人墓侧。子厚有子男二人：长曰周六，始四岁；季曰周七，子厚卒，乃生。女子二人，皆幼。其得归葬也，费皆出观察使河东裴君行立。行立有节概，重然诺，与子厚结交，子厚亦为之尽，竟赖其力。葬子厚于万年之墓者，舅弟卢遵。遵，涿人，性谨慎，学问不厌，自子厚之斥，遵从而家焉，逮其死不去。既往葬子厚，又将经纪⑨其家，庶几有始终者。

铭曰：是惟子厚之室，既固既安，以利其嗣人。

译文 柳子厚，名宗元。他的第七世祖柳庆，做过北魏王朝的侍中，封为济阴公。曾伯祖柳奭，做过唐朝的宰相，和褚遂良、韩瑗都得罪了武则天，在高宗时候被杀。父亲名柳镇，因为要侍奉母亲，辞掉太常博士，要求到江南道做县令。后来升到殿中侍御史，因为不愿巴结有权势的贵人，被免除了御史官职。那位贵人死了，才又担任侍御史，被人们称赞刚强而正直，因此和他来往的都是当代有名的人物。

子厚年轻时就精明聪敏，没有什么不通晓。当他父亲还在世的时候，虽然年轻，却已自立成人，能够取得进士及第，才能表现得很突出。大家说柳氏有好儿子了。后来因为考中博学宏词科，授予集贤殿正字的官职。他为人才能出众而且很有锋芒，所发议论，能用现在的事和古时的事作证据，广泛而深入地引用经史百子的著作，刚劲有力，意气风发，经常使同座的人折服，因此名声大振，一时人们都很仰慕，愿意和他交友。当政的人都争着使他成为自己的门下士，互相推荐赞誉他。

贞元十九年，他由蓝田尉提升为监察御史。顺宗继承皇位，被任为礼部员外郎，碰到当权的王叔文等得罪了宪宗皇帝，被贬逐，子厚也照例被放出朝廷去做刺史；还没有到任，又照例贬永州司马。处在闲散的虚职上，更加刻苦学习，特别注意背诵和阅读。写起文章来，文笔既汪洋恣肆，又雄厚精练，学问广博深厚。同时任意在山水之中游览，排遣自己心中的郁闷。

元和年间，曾经照例被召回到国都长安，又和原先一道被贬的人都到偏远的州郡担任刺史，子厚被派到柳州。到了那里，他叹道：『这里难道不值得我施展政治才能吗？』按照当地的习惯，对人民进行教化，颁布禁令，柳州的人都服从他，信任他。那里的习惯，穷人们借债，常常用儿女去抵押，预先约好，如果不按时赎回，到了利息和本钱相等时，就没收抵押的儿女做奴仆和婢女。子厚给穷人们想办法，全部叫他们把儿女赎回去。那些特别贫困实在没有能力赎回的，子厚就叫他们把自己所劳动的工资数目记下来，等到这数目完全和债款本利相等了，就命令债主放回抵押的儿女。观察使把这种办法推行到其他的州，到了一年，被免除奴隶身份而回到自己家里的人将近一千个。衡山和湘水以南应考进士科的人，都拜子厚做老师，那些曾经受到子厚亲自指点写文章的人，文章都写得合乎规范，值得欣赏。

当他召到京师再出来做刺史的时候，中山人刘禹锡也在派出者之列，应当去播州。子厚流着泪说：『播州不是中原人可以住的地方，而梦得还有老母在堂，我不忍看着梦得困难，没有理由把去播州的事告诉他的老母亲，并且万万没有母子同往播州的道理。』将要向朝廷请求，上书皇帝，愿意把柳州换播州，即使因此再加一重罪，死了也不怨恨。正碰上有人把刘禹锡的困难向皇上说明，刘禹锡因此改做连州刺史。唉！士人遇上穷困才能表现出节操。现今平时同住在里巷中，互相仰慕要好，吃喝玩乐你来我往很密切，虚伪地奉承对方，装模作样地说笑，互相亲热尊重，握着手像要挖出肺肝给人看，指天对日哭泣，发誓生死都不背离变心，那诚恳的样子，像真可以相信；一旦遇到小小的利害，小得仅像毛发一样，就翻着眼睛像不认识；对方落入陷阱，不仅不肯伸手去救，反而挤他下去再投块石头的人，到处都是。这样的事情，连禽兽和野蛮人都不忍做，而那种人却自以为得计。听了子厚的风格，也可以稍稍知道惭愧了吧。

子厚从前年轻时，做人敢作敢为，不懂得爱惜自己，以为可以很快建功立业，因此受到牵连而被贬谪。既遭贬谪，又无知心朋友、担任重要官职的人推荐提携，所以终于死在边远的地方，才能不被当世使用，主张不能在当时推行。假使子厚在御史台和尚书省时，自己知道怎样对待自己，已经能够像后来当州司马和刺史那样，也自然不会遭到贬斥；被贬斥之后，如果有人能够极力保举他，也一定可以再起用而不至于穷困。然而如果子厚被贬斥的时间不长，困穷不到极点，即使有某方面可以超过别人，他在文学创作方面，一定不能自己努力达到这样大的成就，留传于后世，这是无疑的。即使子厚达到自己的目的，在有限的一段时间里做了将相，拿那功名事业来换这文传后世，哪是得，哪是失，这一定有人能够辨明的。

子厚在元和十四年十一月八日逝世，享年四十七岁。在元和十二年七月十日，把灵柩运回去，安葬在万年县祖墓旁。子厚有两个儿子，大的叫周六，才六岁；小的叫周七，子厚逝世以后才出生。两个女儿，都很小。他的灵柩能运回去安葬，一切费用都是观察使河东裴行立君负担的。行立有气节，答应人家的话就一定做到。跟子厚交情很深；子厚也很替他尽力，结果得到了行立的帮助。安葬子厚到万年县墓地上的，是他舅父的儿子卢遵。卢遵是涿县人，生性谨慎，好学不倦。从子厚被贬那天起，卢遵就带了自己一家跟着一起住，直到他死了也不离开。他已经去万年县安葬了子厚，还要代替子厚经营管理家务，这也可算是一个有始有终的人。

铭道：『这是子厚的墓穴，既坚固、又安稳，以利于他的后代。』

賞析 本文是韩愈为柳宗元写的一篇墓志铭，他们的感情极深，所以在写这篇文章时感情极其真挚自然。在本文中，作者概述了柳宗元的生平事迹，着重论述了他政治和文学两方面的成就以及他的高风亮节。作者和柳宗元共同致力于古文运动，都有很高的成就，本文特别歌颂了他笃于友谊，从而感叹世俗友情之薄。但由于两人政治见解不同，柳宗元参加王叔文集团的革新运动，因而遭到反动势力的打击、迫害；韩愈不理解，反而批评他『勇于为人，不自贵重顾藉』，这是不恰当的。

本文语言简练，句法灵活多变，具有强烈的艺术感染力。

【古文观止】

卷九

捕蛇者说

唐·柳宗元

永州之野产异蛇，黑质而白章。触草木，尽死；以啮人，无御之者。然得而腊之以为饵①，可以已大风、挛踠、瘘疠，去死肌，杀三虫。其始，太医以王命聚之，岁赋其二；募有能捕之者，当其租入。永之人争奔走焉。

有蒋氏者，专其利三世矣。问之，则曰：『吾祖死于是，吾父死于是，今吾嗣为之十二年，几死者数②矣。』言之貌若甚戚者。余悲之，且曰：『若毒之乎？余将告于莅事者③，更若役，复若赋，则何如？』蒋氏大戚，汪然出涕曰：『君将哀而生之乎？则吾斯役之不幸，未若复吾赋不幸之甚也！向吾不为斯役，则久已病矣。自吾氏三世居是乡，积于今六十岁矣。而乡邻之生日蹙，殚其地之出，竭其庐之入，号呼而转徙，饥渴而顿踣④。触风雨，犯寒暑，呼嘘毒疠，往往而死者相藉也⑤。曩⑥与吾祖居者，今其室十无一焉；与吾父居者，今其室十无二三焉。与吾居十二年者，今其室十无四五焉。非死则徙尔，而吾以捕蛇独存。悍吏之来吾乡，叫嚣乎东西，隳突⑦乎南北，哗然而骇者，虽鸡狗不得宁焉。吾恂恂而起，视其缶，而吾蛇尚存，则弛然⑧而卧。谨食之，时而献焉。退而甘食其土之有，以尽吾齿。盖一岁之犯死者二焉，其余则熙熙而乐，岂若吾乡邻之旦旦有是哉！今虽死乎此，比吾乡邻之死，则已后矣，又安敢毒邪？』

余闻而愈悲。孔子曰：『苛政猛于虎也！』吾尝疑乎是，今以蒋氏观之，犹信。呜呼！孰知赋敛之毒有甚是蛇者乎！故为之说，以俟夫观人风者得焉。

注释 ①腊：干肉。这里作动词。饵：食物。这里指药物。②几：几乎，差一点。数：多次。③莅事者：管这事的官吏。莅：临，管理。④顿踣：困顿僵仆。⑤毒疠：毒气。疠，疫气。藉：迭。⑥曩：从前。⑦隳突：破坏奔突，极言骚扰。⑧恂恂：担心的样子。缶：

大肚小口的瓦罐。弛然：安心的样子。

【译文】永州的山野中出产一种特异的蛇，黑的底色，上面有许多白色的斑纹。这种蛇碰到草木，草木都要死亡，如被这种蛇咬伤，那就无药可治，非死不可。但把它抓住晒干做成药品，却可以治好麻风病、手足弯曲不直的毛病，还可以治好脖子肿、恶疮，除掉死掉的肌肉，杀死身体内的寄生虫。开始的时候，太医用皇帝的命令去收集这种毒蛇，每年征收两次。招募那些有能力捕到这种蛇的人，充当他们的租税。永州的人争先恐后地去捉这种蛇。

有一个姓蒋的人，他们家专门享受这种捕蛇抵税的好处已经有三代了。我问他，他就说：『我祖父被这种蛇咬死，我父亲也被这种蛇咬死，如今我继承捕蛇这种职业已经有十二年了，有好几次都差点没命了。』说着，脸上显示出忧郁的神色。

我为他感到悲哀，就说：『你讨厌做这事吗？我将告诉管这事的官员，更换你的差使，恢复你的赋税，怎么样？』

姓蒋的听后，非常忧伤，眼泪汪汪地哭着说：『您想可怜我，让我活下去吗？可是我做这种活的不幸，还不至于像恢复我赋税的不幸那么严重。如果我不做这活的话，那我早就困苦不堪了。自从我们家三代住在这儿，到如今已经有六十年了，而乡邻们的生活一天比一天窘迫。用尽了他们田中生产出的物品，花完了家中的收入，哭号着四处迁徙，由于饥渴倒地而死。人们受到狂风暴雨、严寒酷暑的摧残，呼吸着毒气，常常可见到死者的尸体互相叠压。从前和我祖父住在一起的人，如今是十家没有一家存在了；和我父亲住在一起的人，如今是十家没有二三家存在了；和我同住十二年的人，如今是十家没有四、五家存在了。不是死了就是搬走了，但我却因为捕蛇而侥幸单独活了下来。

凶悍的官吏来到我们乡里，到处吆喝叫骂，冲撞骚扰，因此受惊骇而呼喊的，不仅是百姓，连鸡狗都不得安宁。我提心吊胆地爬起来，看看那个装蛇的罐子，如果蛇还在那里面，那我就可以放心地去睡觉。我小心谨慎地喂养它，到时候了就献上去。回来之后就可以香甜地吃着自己田里收获的东西，来度过我的

余年。一年之中冒生命危险的时候只有两次，其余的日子就可以快快乐乐地度过了，怎么会像我的乡邻一样，天天都面临死亡的威胁呢？如今我就是被蛇咬死，也死在我乡邻的后面了，又怎么敢憎恨这个职业呢？』

我听后更加悲伤。孔子说：『暴政比老虎还凶猛。』我曾经怀疑过这句话。今天从蒋氏的遭遇看来，才相信了。唉！谁能想到赋敛的毒害比这种蛇更厉害呢？因此我写下这篇文章，等待那些考察民情的官员对这有所了解。

赏析 本文是一篇说文体的文章，作者以捕蛇者的口吻批评了中唐赋税之重。文章运用叙事手法，先写永州异蛇的剧毒，令人毛骨悚然，然后写捕蛇者蒋氏祖、父都死于这种蛇，以之为佐证。但蒋氏仍有心以捕蛇为业，不愿恢复赋税，原因何在？接着便详细叙述原因，最后作出结论：赋敛之毒甚于异蛇。文章写得抑扬起伏，生动曲折，最后以孔子的『苛政猛于虎』作为结束，表达了作者对统治阶级横征暴敛的极端不满和对劳动人民的深切同情。

文章结构波澜起伏，流转自如；语言骈散相间，错落有致，字里行间表达了作者的忧民之意。

种树郭橐驼传

唐·柳宗元

郭橐驼①，不知始何名。病偻，隆然伏行，有类橐驼者，故乡人号之『驼』。驼闻之曰：『甚善，名我固当。』因舍其名，亦自谓『橐驼』云。

其乡曰丰乐乡，在长安西。驼业种树，凡长安豪家富人为观游及卖果者，皆争迎取养。视驼所种树，或迁徙，无不活；且硕茂，蚤实以蕃。他植者，虽窥伺效慕，莫能如也。

有问之，对曰：『橐驼非能使木寿且孳也，能顺木之天，以致其性焉尔②。凡植木之性，其本欲舒，其培欲平，其土欲故，其筑欲密。既然已，勿动勿虑，去不复顾。其莳也若子，其置也若弃，则其天者全，而其性得矣。故吾不害其长而已，非有能硕茂之也。不抑耗其实而已，非有能蚤而蕃之也。他植者则不然：根拳而土易③，其培之也，若不过焉则不及。苟有能反是者，则又爱之太殷，忧之太勤，旦视而暮抚，已去而复顾；甚者爪其肤以验其生枯，摇其本以观其疏密，而木之性日以离矣。虽曰爱之，其实害之；虽曰忧之，其实仇之。故不我若也。吾又何能为哉！』

问者曰：『以子之道，移之官理，可乎？』驼曰：『我知种树而已，官理，非吾业也。然吾居乡，见长人者④好烦其令，若甚怜焉，而卒以祸。旦暮吏来而呼曰：「官命促尔耕，勖尔植，督尔获，蚤缫而绪，蚤织而缕，字而幼孩，遂而鸡豚⑤！」鸣鼓而聚之，击木⑥而召之。吾小人辍飧饔以劳吏者，且不得暇，又何以蕃吾生而安吾性耶？故病且怠。若是，则与吾业者其亦有类乎？』

注释 ①橐驼：骆驼。这里指驼背。②孳：繁殖。天：这里指树木生长的自然规律。致其性：充分发展它的本性。③根拳：根部弯曲。土易：泥土更换。④长人者：指官吏。⑤勖：勉励。缫：煮茧丝。字：养育。遂：成长。豚：小猪。⑥木：这里指梆子。

问者嘻曰：『不亦善夫！吾问养树，得养人术。』传其事以为官戒也。

譯文 郭橐驼，不知他起初叫什么名字。由于得了佝偻病，脊背弯曲成为驼背，走路时背部高高隆起，脸朝地面，有些像骆驼，因此乡里的人给他起了个外号叫『驼』。郭橐驼听到后说：『很好！用这个外号叫我的确很恰当。』因此他干脆舍弃本名不用，也把自己叫做橐驼。他所在的那个乡叫丰乐乡，在长安的西面。

郭橐驼以种树为职业，凡是长安城中富贵人家想建造观赏游玩的园林的，或者是卖果品的人，都争着把他接到家中供养。郭橐驼所种的树，或者是他移栽的树，没有不成活的，而且长得高大茂盛，结的果实又早又多。其他那些种树的人虽然在暗中观察仿效，却没有一个能比得上他。

有人问他种树的奥妙，他回答说：『我并不能使树木活得久而且繁殖得多，只不过能顺着树木的天性，使它的本性能够得到充分的发展罢了。凡是种植树木，它的规律是：树根要舒展，土要培平，用原来的土，砸密实。种好之后，不要再动它为它担心，可以离开不管了。种的时候，要像爱护自己的孩子一样，种好之后，不再管它就像扔掉一样。那么树木的天性就能保全，因而能按自身的规律生长。所以说我只是不妨害它自由生长罢了，并没有什么能使它高大挺拔、枝繁叶茂的妙法；只不过是不抑制和损耗它的果实罢了，并没有什么能使它结果又早又多的诀窍。

别的种树的人都不这样，种树的时候，树根是弯曲的，泥土是新换的；培土时，不是太多就是太少。即使有不这样做的人，却又过分地关心它的生长，过多地忧虑它不能成活，早晨去看看，晚上去摸摸，已经离开了却又回来再看；有的人甚至抠破树皮来检验它的死活，摇动树根来看培的土是松还是紧，这样一来，树木的天性就一天天地被破坏了。虽说是爱它，其实是害它；虽说是为它担忧，其实是仇视它。因此他们比不上我，其实我又有什么特殊的本领呢？』

问的人说：『把你种树的方法应用到做官治理百姓方面去，可以吗？』郭橐驼说：『我只知道种树罢了，当官治理百姓，并不是我的事。但我住在这个乡里，看到那些当官的，喜欢颁布繁多的政令，好像是非常爱怜百姓，但最终却给百姓带来了灾祸。一天到晚只见衙役来了就喊：「长官命令你们早点耕田，勉励你们种植，督促你们收获，早些煮茧抽丝，早些纺纱织布，要抚育你们的小孩，喂养你们的鸡和猪。」又是擂鼓召集他们，又是敲梆子传呼他们。我们这些百姓即使放下碗筷不吃饭，专来招待这些官吏，也还是忙不过来，又哪有时间使我们生产兴旺，生活安定呢？所以我们非常困苦疲乏。像这样，那么当官治理百姓和我栽种树木是不是也有相同之处呢？』

发问的人赞叹说：『不也很好吗！我问种树的方法，居然懂得了当官治理百姓的道理。』于是把这件事记下来作为官吏们的鉴戒。

赏析 本文是一篇纪传体的讽喻性散文。文章通过日常生活中的小事情而折射出为官治理之道，文章从种树说起，通过郭橐驼种树的经验：不要过分干涉它们的成长，这样树才能自由生长；借此讽刺了当时的弊政，阐明了为官之道应当减少繁琐的政令，不能颁布众多的法令，让老百姓休养生息，否则，『虽曰爱之』而『卒以祸』。

文章写种树，采用了对比的手法，用『他植者』蹩脚的种树方法衬托出郭橐驼种树之技的高明，并象征了两种不同的为官之道，生动形象，耐人寻味。文章主人公郭橐驼之言，富有个性，十分切合身份，语言朴素而道理极深，值得我们细细体味。